JN286011

銀の雨
堪忍旦那 為後勘八郎

宇江佐真理

幻冬舎文庫

銀の雨

堪忍旦那　為後勘八郎

目次

その角を曲がって

一

北町奉行所定町廻《じょうまちまわ》り同心、為後《ためご》勘八郎《かんぱちろう》は市中の人々から「堪忍《かんにん》旦那」と呼ばれていた。下手人に対して寛容な姿勢を見せるからだろう。少々のことならお目こぼしが叶うので、のっぴきならない事情のできた者は彼を頼ることが多かった。それは彼の人気を高める効果もあったが、奉行所内で必ずしも歓迎されるとばかりは限らなかった。若い同心の中には勘八郎に面と向かって異を唱える者もいた。岡部主馬《しゅめ》のように。

岡部主馬は同じ北町奉行所の臨時廻り同心、岡部主水《もんど》の嫡男であった。主水は同心の中の最古参で、北町の知恵者と言われるほど豊富な知識の持ち主である。加えて温厚な人柄が勘八郎ばかりでなく、奉行所内で一目《いちもく》も二目も置かれている人間であった。そろそろ六十に手が届こうという年齢で、主水自身は早く隠居したい様子も見えていたが、主馬が四十近くでようやく授かった子供であったので、家督を譲るには今しばらく辛抱が必要だった。文字通り老骨に鞭打ってお務めに励む毎日だった。主馬は文武に優れた若者で、主水の跡を立派に継げる人物だと勘八郎は思っているが、若さゆえの潔癖性が時たま表れて、勘八郎の采配に異を唱えることもあった。単なる見習い同心なら先輩の自分に対して生意気な口はそうそう叩けぬものだが、何しろ主水という強力な後ろ盾があるものだから主馬は気後れするふうもなく、はきはきとものを言った。

実際、主馬の言うことは筋道が通っていて決して間違いではない。間違いではないけれども堪忍旦那の勘八郎としては、やり難いこと夥《おびただ》しい。「年を取ればおのずとわかる」とか「世の中は杓子定規には参りませぬ」などと諭しても主馬は納得しなかった。

「為後殿のやり方はいささか生温《なまぬる》いと拙者は思いまする。犯した罪は罪として潔く下手人は償わなければなりませぬ。それが人の道ではございませぬか?」

髭もろくに生え揃っていない十八歳の主馬は甲高《かんだか》い声で勘八郎を詰《なじ》る。その声までが青々と硬い。三十六歳の勘八郎は主馬の言葉に格別腹も立たなかった。いかにもさよう。自分も主馬の年頃にはそのように考えていた。悪事は咎《とが》められなければならない。そうでなければ社会の平和は保たれないと。

「ふむ。岡部殿のおっしゃる通りでござる。拙者、確かに生温いことは自分でも承知致しております」

主馬は一つの事件の采配のことで勘八郎に反論していた。それは神田の菓子屋「梅屋」にこそ泥が入り、下手人を捕らえてみれば梅屋の隣りに住む医者、小幡玄庵《おばたげんあん》の息子であったのだ。事件を担当した勘八郎は梅屋と玄庵に示談を勧め、梅屋は訴えを取り下げたのである。この件は奉行所の帳簿にも載《の》らないままに終わった。しかし、事件の概要は定廻りの同心達にはそれとなく伝わっていた。そこは務めの性質上、知られずに済むというわけには行かなかった。大方の同心達は勘八郎の措置に格別の意見はなかったが、ただ一人、岡部主馬だけがそうではなかったらしい。朝の申し送りの席で主馬は勘八郎を非難する言葉を吐いた。隣りに座っていた勘八郎の朋輩同心の荒関三弥《あらぜきさんや》がちッと短い舌打ちをしたのが勘八郎にはわかった。荒関は主馬が嫌いだった。主馬のすること、なすことが生意気に思えてしようがないのだ。

「そうおっしゃるなら、何故、為後殿はあのように寛容に振る舞われたのでござるか？　小幡玄庵の息子は噂に聞こえる遊び人。お咎めもなしでは後々に響きまする。再び罪を犯した時は、為後殿は何んとなされるおつもりか」

主馬は攻撃の手を弛《ゆる》めなかった。

「これはこれは拙者が吟味を受けているような心地になりますな。あいすみませぬ」

勘八郎が主馬に向かって慇懃《いんぎん》に頭を下げたので同心達の中から苦笑が洩れた。

「拙者は為後殿を咎めているのではありませぬ。やり方が生温いと申しておるのです」

「咎めているではないか、おぬし！」

荒関が堪《た》まらず尖《とが》った声を出した。主馬は荒関をきつい視線で睨み返した。場合によってはただでは置かないという眼である。

「まあまあ……」といなしたのは勘八郎だった。長い顔のふた皮眼を忙しく、しばたたいた。自分のことで主馬と荒関が険悪になるのは困る。

「玄庵の息子はまだ十八の若造なれば、世の中のことも己れのこともまるでわかっておりませぬ。拙者は玄庵の息子の医者としての将来を重く見ました。奴はあれで年寄りの患者にはなかなか親切な由。梅屋の主《あるじ》もそこを充分に考えて今回はなかったことと水に流してくれたのです。幾ら拙者が穏便に事を運ぼうとしても梅屋が承知しなければ、それはできない相談というもの。な、岡部殿、わかって下され。何しろ十八の若造のしたこと故……」

穏やかに諭すつもりだったが主馬は今度は勘八郎にきつい眼を向けて「拙者とて十八でござる。世の中も己れもわからぬとは心外」と唇を噛み締めた。勘八郎はさあさあ失敗したという表情で月代《さかやき》をつるりと撫で上げて苦笑いした。

「これ、岡部」

成り行きを見守っていた与力、山形浪次郎《なみじろう》がようやく口を開いた。

「本来であるならば小幡玄庵の息子の宗庵《そうあん》は叩きの刑の沙汰もあったろう。しかしの、そうなったら隣り同士、これまで仲良くやって来たというのに気まずいものも生じよう。いや、今度は事件を表沙汰にした梅屋を玄庵が恨みに思うことにもなろう。梅屋に病人が出ても玄庵は知らぬ振りを決め込むかも知れぬ。為後はそこを慮《おもんぱか》ってこの度の措置としたのだ。わしも為後の措置は間違いではなかったと思うておる。宗庵は梅屋に詫《わ》びを入れ、盗《と》った金も返したことであるし、せっかくうまく纏《まと》まっているものに今更波風を立てることもあるまい」

四十五歳の山形浪次郎は主馬を諭しながらも、きっぱりと言った。山形にそう言われては、さすがに主馬も黙るしかない。やがて同心達がお見廻りに出かけるために腰を上げた時、主馬が低い声で「またも堪忍旦那か」と吐き捨てるように言ったのを勘八郎は聞いた。

二

「やれやれ」

勘八郎は奉行所の外に出てから溜《た》め息《いき》混じりに呟《つぶや》いた。主馬の若さが鬱陶《うっとう》しく思えた。

下手に頭のいい人間は融通の利《き》かないところがある。何んでも御定書《おさだめがき》通りに行くものではない。御定書通りとすれば十両以上の金を盗んだ者はことごとく死罪である。十両で人の命が飛んでたまるかと勘八郎は思う。

しかし、勘八郎はもちろんそれを声高に人に言ったことはない。悪の権化のような下手人に出くわした時は勘八郎とて断固として許すつもりはなかった。だが、残念ながら泰平の世の中ではそのような下手人は滅多に現れては来なかった。それは治安を守る立場の人間には喜ばしいことであるはずなのだが、堪忍旦那の渾名《あだな》を返上する機会がなかなか訪れないのは困りものだった。

秋晴れの爽やかな日であった。薄青い空から柔かな陽射しが降っていた。その陽射しの気持ちのよさに勘八郎はうっとりと眼を閉じたが、すぐに背筋を伸ばし、奉行所の外で待っていた岡っ引きの半吉《はんきち》に軽く顎をしゃくった。小腰を屈《かが》める恰好で半吉は勘八郎に近づき「いいお日和《ひより》でございます」と愛想を言った。その笑顔が見ようによっては卑屈にも取れるが勘八郎はもう気にすることもない。

「うむ。こんな日はお見廻りなどうっちゃって、のんびりと日向《ひなた》ぼっこでもしていたいものだの」

「さいでげす。こんな日は眠気が差して敵《かな》いません」

「昨夜は遅かったのか?」

「口明けから夜中まではずっと暇だったんでございますが、夜中辺りから急に客が立て込みましてちょいと忙しかっただけでさあ」

「ふむ。そいつァご苦労だったの。どれ、今日はさっさとお見廻りを終えて少しのんびりしよう。わしも少し疲れておる」

そう言った勘八郎に半吉は訝《いぶか》し気な眼を向けた。

「何かありやしたんで？」とすかさず訊《き》いて来た。

「いやなに。梅屋の一件のことでまたも堪忍旦那と皮肉を言われただけだ」

「岡部様の息子さんですかい？」

半吉は察しよく言った。六尺近い大男の勘八郎に比べて半吉は頭一つも小さい。短軀、小太り、醜男《ぶおとこ》と来ては嫁に来る女もおらず、三十を過ぎているのに未だに独り身であった。

半吉は年寄りの母親と二人で神田鍋町の裏店《うらだな》に暮していた。彼は神田界隈《かいわい》を縄張にする岡っ引きであったが、夜は屋台の蕎麦屋を営んでいた。昼間だけそうして勘八郎の手足となって働いている。と言っても、週に二度ほどお見廻りの伴をする程度である。夜の客から仕入れた情報を勘八郎に流すのが岡っ引きとしての主な仕事であった。

「梅屋のその後はどうだ？」

勘八郎は半吉の質問に応えずに言った。

「へい。梅屋も玄庵の家も以前より頻繁に行き来するようになりまして仲良くやっております。そうそう、近所の話では梅屋の末娘が玄庵の息子の宗庵と一緒になるそうですぜ」

「ほう。そいつはめでたいの。瓢箪から駒だの。いや、めでたい」

勘八郎は途端に機嫌を直していた。

「梅屋の末娘のおりよは気の強い娘でしてね、旦那が堪忍して下さった後で、宗庵に平手打ちを喰らわしたそうです。医者として慕われるべき者がこそ泥の真似をして何んとするって、えらい剣幕で。宗庵はぐうの音《ね》も出なかったそうです」

「おう、見たかったなあ。そのおりよの啖呵《たんか》。さぞかし胸がすうっとしただろうな」

「へい。梅屋の客は思わず手を叩いて、おりよちゃん、と大向こうの声を掛けたそうです」

「ますます惜しいことした」

「しかし、その後でおりよがわッと声を上げて泣き出したので、思わぬところでおりよが宗庵に岡惚れしていたことが知れたんでさあ。こそ泥して嫁が来るものならあっしもあやかりたいものだと羨《うらや》ましい気持ちになりましたもので」

「半吉、のぼせるな。おれもお前も男振りで勝負できる面《つら》か？　宗庵は役者にしてもいいような男前だ」

「それはそうですが……」

半吉は口の中でもごもご言いながら勘八郎の後をついて来た。呉服橋を渡って神田辺りまでぶらぶら歩くいつもの道筋であった。

同僚や市中の人々から堪忍旦那と呼ばれるようになった経緯《いきさつ》は下手人の家族に泣きつかれて渋々目を瞑《つぶ》ったのが最初だった。

あれは心中のしそこないであった。心中の生き残りは晒《さら》しと決まっている。蔵前の札差《ふださし》の息子だった。吉原の遊女屋の振袖新造《ふりそでしんぞう》と思い切ったことをしたのだ。可哀想に新造の方は死んでしまったが男は助かった。

男の家の身代が大きかったことも幸いしていたかも知れない。男の家は金を遣って遊女屋を丸く収めた。後は奉行所の采配だけだった。与力の山形浪次郎は勘八郎の判断に任せた。御政道と人の道、いずれを優先させるかだった。御政道を取れば男の家は商売を続けられないし、勘当したところで、たった一人の息子であったので、どの道、札差の店は跡継ぎがなければ潰れることになる。勘八郎は大いに悩んだ。悩んだ末に勘八郎は男の生きる道の方を選んだのだ。

三

神田に至るまでに勘八郎と半吉は通油町《とおりあぶらちょう》を歩いた。その辺りは絵草紙問屋が軒を連ねている。店の前には客が引きも切らない。

そろそろ顔見世狂言の始まる時期なので客は贔屓《ひいき》の役者の翌年の演《だ》し物を気にして店を訪れる。役者絵が店の目玉商品でもあった。

その他に黄表紙《きびょうし》、読本《よみほん》を求める客ももちろん多い。勘八郎は通油町のそんな絵草紙屋の一軒から出て来た娘にふと目を留めた。

どこかで見かけたような顔に思えたからだ。

だが、名前は思い出せなかった。まだ十三、四の小娘である。小ざっぱりとした身なりはいい身代の娘であることを物語っていた。勘八郎の娘の小夜《さよ》も同じような年頃なので、友人の一人かとも思ったのだ。

「あの年頃で、もう役者狂いですかねえ、末が恐ろしいようなもんです」

半吉はその娘が懐に役者絵を二つに畳んで押し込んだのに目敏《めざと》く気づいて言った。

「どこかで見掛けたような顔に思えるんだが、どうも思い出せぬ。お前ェはあの娘に心当たりはねェか?」

「さあて。この辺じゃ見掛けない娘ですよ。もっとも、あの年頃はどれも同じように見えて見分けがつきやせん。もう少し年を喰うと特徴が出るんですがね」

「うちの小夜と似たような年頃だの。小夜も町で会ったらお前ェは気づかずに通り過ぎてしまうか?」

「お嬢さんならわかりますよ。何しろ旦那と瓜二つだ」

「手前ェ……まずい面だからすぐにわかると言いてェのか?」

勘八郎は思わずむかっ腹が立った。

「だ、誰もそんなことは言っておりやせん」

半吉は慌てて顔の前で右手を振った。勘八郎の一人娘の小夜は見れば見るほど勘八郎に似ていた。赤ん坊の頃はそう言われることが嬉しかったが、年頃になると自分と似ていることがいいことだとは思わなくなった。普段はそれほどでもないが、晴れ着などを着ると褒《ほ》めるのに苦労した。あれほど晴れ着の似合わない娘もいなかった。本人はまだそれほど自分の容貌を気にしてる様子はない。面と向かって悪口を言う者がいないからだろう。器量は悪いが小夜はさばさばと明るい娘である。今のところはさして問題がないが、あと三、四年して祝言を挙げなければならなくなったらどうするのだろうと勘八郎は思う。小夜には養子を迎えなければならない。果たして小夜を妻にしてもよいという男は現れるのだろうか。勘八郎はこの頃、そんなことを考える。

絵草紙屋から出て来た娘に目を留めたのも小夜のことが頭にあったからだろう。勘八郎と半吉は自然にその娘の跡をつける形になった。その娘は小夜と違い、目許《めもと》涼しく、鼻筋の通った美しい娘だった。娘盛りになった時は必ず男の関心を惹《ひ》きつける資質を備えていた。

娘は大通りをゆっくりと歩いていたが、とある露地の角で曲がると突然駆け出した。

娘の駒下駄がカツカツと音を立てた。それと同時に財布にでもついているのか微《かす》かに鈴の音もシャンシャンと鳴った。勘八郎はその音を頼りに後ろから続いた。

娘は狭い露地を入ってさらに左に折れ、立ち腐れたような裏店の門口《かどぐち》をくぐった。そして同じような油障子《あぶらしょうじ》が並ぶ内の一つを控え目に拳で叩いた。

「いる?」

幼さの残る娘の声が、門口の傍《そば》で様子を窺《うかが》う勘八郎の耳にも届いた。勘八郎と半吉は思わず顔を見合わせた。

「こいつァ驚いた。あの年でもう間夫《まぶ》がいるんですかねえ」

半吉がひそめた声で勘八郎に言った。しッ、と勘八郎は半吉を制した。油障子の中から返答があったようだ。それは勘八郎にも半吉にも聞こえなかった。しんばり棒も支《か》っていない様子で娘はすんなりとその中に入って行った。

それから四半刻《しはんとき》、勘八郎は息苦しい思いで娘が出て来るのを待った。

その裏店はしんと静かだった。話を聞けるような女房の一人として出て来ない。昼寝をするような時刻ではないから、その裏店の住人はお天道様に逆らって暮している者が多いのだろう。井戸の傍の洗い桶の中に朝飯後の茶碗と箸が水に浸かってそのままにされているのが目についた。

やがて娘は出て来た。特に変わった様子は感じられない。出て来る時は中を振り返って「じゃあね」と言った。

「いる？」と訊ねて「じゃあね」とは、いったいどういうことか。

勘八郎と半吉は裏店の門口から離れ、露地の奥にそっと身を寄せた。

娘はまた通油町の大通りに出て西へ向かい大伝馬町まで歩いた。大伝馬町の二丁目と三丁目の辻《つじ》で今度は南へ下った。そのまま行けば日本橋に出る。案の定、娘は日本橋を渡り、さらに南へ向かい数寄屋《すきや》町まで歩いた。そこまで来て、勘八郎は娘が数寄屋町の料理茶屋「よし川」の娘ではなかったかと思い当たった。どうりでどこかで見かけた顔だと思ったはずだ。勘八郎の勘は外れてはいなかった。娘は数寄屋町の一郭にしゃれた柿色の暖簾《のれん》を下ろしている店の裏口にそっと入って行った。

「やはりそうだったか」

独り言のように呟いた勘八郎に半吉も「あっしもようやく気がつきましたよ。この間までよちよち歩いていたと思ったら、もうあんな娘になっちまってる。人の子供はあっと言う間にでかくなりやすね？」と訳知り顔で言った。

「手前ェの餓鬼もいねェくせに何言いやがる。そいつァ、おれの台詞《せりふ》だ」

「へい、ごもっともで」

　半吉はにッと口の端を歪めた。照れ笑いをしたつもりなのだがそうは見えない。

「しかし、あの娘、確かおみちとか言ったな？　何故、あんな小汚い裏店に用事があるのだろうの」

　勘八郎は崩し字で染め抜いた暖簾を見つめながら言った。

「ここの主《あるじ》夫婦は上方《かみがた》から下って来た者らしいですぜ。おみちの母親が今のよし川のお内儀《かみ》ですよ。結構この店は繁昌している様子でさあ」

「少し気になるから近くの自身番で店のことを訊ねるとするか」

「へい」

　勘八郎と半吉は銀座通りにある自身番に踵《きびす》を返していた。

四

　自身番の岡っ引きの話ではよし川の主夫婦は十五年ほど前に娘のおしずを連れて上方から下って来て店を開いたという。今の店は数寄屋町の角地であるが、最初は露地裏に店を出していた一膳めし屋であった。主が一膳めし屋といえども料理に手を抜かず、しかも格安の料金で客に提供したのが当たったという。上方ふうの味付けを江戸の人間の口に合うように工夫したのもよかったらしい。江戸から上方に行ったことのある者ならその味を懐かしんで、よし川を訪れた。

さして宣伝をしなくてもよし川の評判は拡まったのだ。料理茶屋として数寄屋町界隈では知られている店だった。

主は今でも包丁を握って板場から離れないという。板前も追い回し（板前の見習い）を入れると五、六人ほど使っている。主の女房は足が悪くなって内所《ないしょ》に引っ込んでいるが、おみちの母親のおしずが代わって店を切り回していた。

おしずは客あしらいがうまいと、これも評判であった。おしずには亭主はいなかった。七、八年ほど前におみちを連れてよし川に戻って来たので、どこかで所帯を持っていたらしいが詳しいことはわからなかった。おしずが戻った頃のよし川は、もうそれ相当の店になっていたので、おしずの娘のおみちは何不自由なく成長した。いずれ勘八郎の娘の小夜と同様に養子を迎えてよし川の跡を継がせるようだ。

おみちはしっかり者で店が忙しくなれば進んで手伝う娘だそうである。

洗い物も厭《いと》わず、近頃の娘にしてはなかなかできた娘だと自身番の岡っ引きも差配も褒め上げた。それに針仕事も得意で自分の着る物や孫爺さんの単衣《ひとえ》などもすいすいと仕上げるという。

そんな話を聞かされた勘八郎は、なおさら、あのいわくあり気な裏店を訪れたおみちが気になった。半吉には通油町の自身番に行って裏店の住人のことを調べるように言いつけ、その日のお見廻りは仕舞いにした。あまり長く半吉を連れ回すのは気の毒だった。半吉には夜の仕事がある。仕込みは年寄りの母親があらかたこなすと言っても、それだけでは充分でなかったからだ。

勘八郎が半吉を岡っ引きの一人に指名したのは五年ほど前である。ちょうど下手人の張り込みをして日本橋の廻船問屋の近くにいたことがあった。半吉がそこで屋台を出していた。小腹が空いてきた勘八郎は伴の岡っ引きと一緒に何気なく屋台の床几《しょうぎ》に腰を下ろしたのである。半吉はいつもその場所で屋台を出している訳ではなかった。その時の気分であちこちに場所を変えていた。しかし、勘八郎が張り込みをしていた時は十日余りも同じ所にいた。何日か続くと半吉も自然に気軽な口を利くようになった。ある日、半吉は勘八郎に熱いかけ蕎麦を勧めながら「旦那は桔梗屋《ききょうや》を張っていなさるんですね?」と言った。桔梗屋はその時の張り込みをしていた店の名前だった。勘八郎は蕎麦屋のくせに余計なことを言う奴だと内心思ったが、「お前ェは何か気のついたことがあるか?」と試しに訊いてみた。驚いたの何んの。半吉は桔梗屋に出入りする不審な人物にとっくに当たりをつけていたのである。

「多分、押し込みはこの二、三日中にあるでしょうよ」と捕り物の日取りまで指定した。

「手前ェ、ただの蕎麦屋じゃねェな」

勘八郎は半吉の観察眼を気味悪く思い、脅《おど》すように言った。半吉は薄く笑って「とんでもねェ。あっしは嘘も隠れもねェ、ただの屋台の蕎麦屋ですよ。ちょいと野次馬根性が強いだけでさあ。こうやって商売をやっていますとね、変わったことには妙に目が行きやしてね」と蕎麦を茹《ゆ》でる鍋に水を足しながら言った。

「毎日同じ仕事で退屈なもんですからね、客の様子が少しでも違うと気になるんですよ。先月、辻斬《つじぎ》りでお縄になった下手人が、あっしのところで最後に蕎麦を喰って行ったんですよ。人を斬った男というのはやはり普通じゃありやせんね？　眼が血走っていて、身体が寒くもないのにぶるぶる震えておりやした。それでいてやたら口が軽くなって、あることないことペラペラ喋《しゃべ》るんですよ。これは何かあったなと思いましたが、まさか辻斬りとは思いやせんでした。何日か経《た》って、橋のたもとの高札《こうさつ》で下手人とわかりやした。そればかりじゃございません。屋台を出している近くの店に近頃荷が入らないなと思っていると、いつの間にか夜逃げを決め込んでいたりしましてね、おかしなもんです」

「それで桔梗屋もそれとなく見張っていたという訳か？」

「べつに見張っているつもりはねェんですが、何んとなく気になりやしてね」

あの頃、半吉は今より痩せていた。しかし、お面の悪さは勘八郎でさえ気の毒に思えるほどひどいものだった。身体つきも不恰好だった。とても女に好かれるような男ではなかった。勘八郎が思った通り半吉は母親と二人きりで神田鍋町の裏店にひっそりと暮している。父親は物心ついた頃からいなかった。月に一、二度、切見世《きりみせ》の妓《おんな》を買うぐらいが彼の楽しみであるらしい。半吉ばかりでなく、江戸の男達には生涯を独り身で通す者が存外に多かった。江戸の女が男に比べて少な過ぎたせいかも知れない。

勘八郎はやけに勘のいい半吉を怪しみながらも桔梗屋の情報を仕入れた。その中にはまだ勘八郎も知らなかったことがあった。桔梗屋が押し込みに狙われていることは察しがついたが、店の中から手引きする引き込み役の人間の目処《めど》が立っていなかった。半吉はあっさりと一人の手代の名を言った。とても押し込みの仲間とは思われないような真面目な男だった。男は三年余りも桔梗屋で働いていた。勘八郎は半信半疑であったが、とりあえず半吉の言い分を信じることにした。

目星に狂いはなかった。押し込みは半吉が言ったように二日後にあった。勘八郎は奉行所の連中と捕り物の準備を進めていたので桔梗屋は死人も出ず、大事には至らなかった。そればかりではなく押し込み集団の十二人を一挙に捕らえることができたのである。

それは勘八郎の大手柄になった。勘八郎はその事件の後で半吉を小者《こもの》に取り立てたのである。

半吉は他の岡っ引きのように縄張を持っていない。勘八郎が渡した十手もお見廻り以外は後生大事に裏店の神棚に鑑札と一緒に飾っていた。岡っ引きは、目立ってはいけないというのが彼の持論であった。

それでもこの五年の間に小者仲間では知られる顔になっている。仲間内では「そば半」だの、「化け半」などと呼ばれていた。夜は相変わらず屋台の蕎麦屋を続けた。もっとも、岡っ引きの給金など高が知れていたから、それだけでは自分と母親が食べるには無理というものだった。大抵の岡っ引きは他に生業《なりわい》を持っていた。ただし、屋台の蕎麦屋というのは岡っ引きの中でも異色なことは異色であったが。

五

奉行所から退出した勘八郎は八丁堀の組屋敷の一郭にある自宅に珍しく寄り道もせずに戻った。さほど身体を使った覚えはないのだがひどく疲れを感じていた。岡部主馬の言葉やら、おみちの危うい行動が勘八郎にはことの外、こたえていたのだろう。

出迎えた妻の雪江に腰の大小と朱房の十手を渡すと普段着に着替えた。それから茶の間に向かった。小夜が茶の間で針仕事をしていた。まだ子供子供した小さな身体には、針仕事はどうにもそぐわないように思えた。呆れるほど不器用な縫い方をしている。

「小夜は薄情者だの。おれが帰ったというのに迎えにも出て来ない」

勘八郎は小夜の傍に胡座《あぐら》を掻いてちくりと皮肉を言った。

「ごめんなさい。二、三日中にこの単衣を仕上げなければならないの。お父さま、お帰りなさいませ」

小夜はちらりと勘八郎を見て、取ってつけたような挨拶をした。

「もうすぐ冬になるというのに単衣でもあるまい」

「そうなの。あたいが一番ビリなのよ。悔しいったらありゃしないわ」

小夜は大袈裟《おおげさ》に溜め息をついた。器量は悪いが髪の質だけはよく、黒々と艶があった。前挿《まえざ》しの銀の平打ちの簪《かんざし》は春に勘八郎が小夜に誂《あつら》えてやったものだ。小間物の趣味はお母さまよりお父さまの方がよいと勘八郎は世辞を言われた。

「どうでもいいが、あたいとは何んだ。そのような町家《ちょうか》の娘のような言葉遣いは感心せんな」

雪江も肯《うなず》いて勘八郎の前に茶の入った湯呑を差し出した。

「あら、お父さまはいつもおっしゃってるじゃないの。武家だの町家だのと区別するのは下らん。皆々、仲良くやればいいのだって。手習いもお裁縫のお稽古も一緒にしているのは町家のお友達ばかりよ。小夜だけがわたくし、などと気取ってオホホとやる訳には行かないのよ。大丈夫、出る所に出たら、ちゃんとお行儀よくしますから」

「そうはうまく行かないぞ。日頃の癖はなかなか改まるものではない。年頃になって見合いの席で思わずあたい、なんぞと言って、せっかくの見合いが駄目になる」

「お父さまの意地悪」

小夜は軽く勘八郎を睨んでそう言った。

「小夜さん、お父さまのおっしゃる通りですよ。お稽古事は土地柄、町家のお嬢さま達が多いと言っても、あなたが無理にそれに合わせることはないのですよ。あなたはあなた、行く道も暮しぶりも違うのですから」

雪江は母親らしく小夜を窘《たしな》めた。雪江はそうしている時は雛《ひな》飾りの三人官女のように楚々《そそ》としているが、ひと度、怒り出すと、その涼し気な目許はつり上がり夜叉と化すように思えた。

勘八郎はなるべく雪江の神経を逆撫でしないように気をつけているが、なかなかその通りには行かなかった。雪江が一番嫌うのは勘八郎が正体をなくすほど酔って帰ることだった。

着物が皺《しわ》になるから脱げと言っても酔った勘八郎は、すぐにはそうしない。翌日に差し支えるから早く寝床に入れと言っても、ぐだぐだと茶の間で粘り、茶漬けが喰いたいの、水が飲みたいのと駄々をこねる。女中も寝てしまっているので仕方なく雪江は茶漬けの用意を始める。さて用意ができて、さあ召し上がれと運ぶと、勘八郎は待ちくたびれたのか、眠気に勝てなかったのか、高鼾《たかいびき》を掻いている。雪江の努力はいつも無駄になる。

翌日の朝の雪江の態度は勘八郎を百叩きに遭った下手人のような気持ちにさせるのだった。その日は酒の匂いをさせずに戻ったので雪江の機嫌はすこぶるよかった。

「ねえ、お母さま、少し助けていただけない?」

小夜は単衣を持て余し、雪江に頼った。

「いけません。わたくしが縫うとお師匠さんにはすぐにわかるものです。下手でもご自分でおやりなさい」

雪江はにべもない。勘八郎はそんなこと言わずに手伝ってやれ、と喉《のど》まで出掛かったがやめた。娘の教育はやはり母親でなければわからない部分があったからだ。

「ああ、でもとても小夜には無理だわ。おみっちゃんに助けて貰おう」

「それもいけません」

雪江は覆《おお》い被《かぶ》せて言った。

「あら、やり方を訊ねるだけよ。縫うのはもちろん小夜」

小夜は自分の名前のところに力を入れた。雪江は返事をせずに夕食の準備ができたかどうか確かめに台所に向かっていた。

「おみっちゃんとは数寄屋町のよし川の娘のことか？」

気になる名前が出たので勘八郎は小夜にすかさず訊ねた。

「ええそう。お父さまよくご存知ね。あの人とは手習いもお裁縫のお稽古も一緒なの。手習いは小夜の方がうまいのだけど……お裁縫は断然、おみっちゃんがうまいの。お師匠さんはおみっちゃんならゆくゆくはお裁縫で充分に食べられるって太鼓判押したのよ。太鼓判を押したってどうなるものでもないのに。あの人、よし川のお内儀さんになるに決まっているじゃないの、ねえ」

小夜は訳知り顔で言った。雪江と似ていないどんぐり眼は白い部分が青味を帯びていた。器量は別にして小夜のその眼を勘八郎は美しいと感じている。成熟していない少女だけが持つ透明な光があった。

「なあ小夜、そのおみっちゃんの噂を聞いたことはないか？」

「噂って？」

「そのお……好きな男がいるとか」

「まさか。馬鹿ね、お父さまは。小夜達まだ子供よ」

「馬鹿とは何んだ、十三ともなれば乳も膨らみ、その……月のものも……」

「もう、嫌い！」

小夜は本気で腹を立ててしまった。眼にうっすらと涙も溜まっていた。雪江が小夜の声に出てきて小夜を部屋に追い立てた。

「あの年頃は感じやすいのですから話題にはお気をつけて下さいまし。父親がおなごの身体のことをどうこう言うのは娘にとって嫌やなものですから」

雪江はにこりともせずにそう言った。

「おれはただ……」

「よし川のお嬢さんは小夜と仲良くしていただいているお友達です。何かありまして？」

「ふむ……」

勘八郎は昼間の通油町の経緯を雪江に話した。雪江の眉根がわずかに寄せられた。

「それが本当なら少し心配でございますわね。わたくしがよし川のお内儀さんにお話を聞いて来ましょうか？」

「うむ。おれもどうしたものかと案じているのだ。まだおみちの訪ねた人間の正体が明かされてはおらぬので何んとも言えぬがの。あの年でまさか間夫というのも……」

「お調べにならなかったのですか？」

雪江の口調には勘八郎を詰《なじ》る響きがあった。

不審に思うのなら、なぜ裏店の住人のことをすぐにでも調べないのだとその眼が言っている。

「おみちがよし川の娘であることに気がつかなかったのでな、どこの娘か確認した上でそっちの方に当たろうと思ったのだ」

「それでは早くその裏店に住む者を調べさせて下さいまし。わたくしが出かけるのはそれからでもよろしいでしょう」

「うむ。半吉に行かせたから、明日には知れるだろう」

「おみちさんはお内儀さんと違ってしっかりしたお嬢さんですよ」

「それは自身番で聞いている。お内儀は駄目な女なのか？」

「駄目という訳ではありませんよ。ご商売には長《た》けていらっしゃいますよ。でもお若い時にはあまりよくない噂もございましたから」

「どんな？」

「わたくし、人の悪口は申し上げたくございません」

勘八郎の喉がぐっと詰まった。そこまで言っておいて人の悪口は嫌やだもないものだ。

「これはお務め上のことだ。口外はせぬから話してみよ」

「はい」と雪江は身を乗り出して来た。内心は結構、野次馬根性の強い女である。

「ご両親は上方から出ていらして江戸で大層苦労したらしゅうございますけれど、あのお内儀さんは一人娘として大事に育てられましたので少し我儘《わがまま》な方のようです。何んでもご自分の思う通りにならなければ気の済まないご気性なのだそうです。娘の頃はそれはそれは恰好が派手で、着る物も髪に飾る物も人目を惹くようなのを選ばれて、堅気のお嬢さんにはとても見えませんでしたわ。その頃、芝居小屋にも頻繁に通われていたようですから、姿が見えなくなった時は、お役者さんとでも一緒になられたのかと思っておりましたのよ。しばらくしてよし川に戻られた時はおみちさんを連れて歩いておりましたわ」

「お前はあのお内儀と親しかったのか?」

「とんでもございません」

雪江は大袈裟に顔を左右に振った。

「たまたま今の小夜と同じで生け花と茶の湯のお稽古が一緒だっただけですよ。向こうは道でお会いすると雪江様、ご機嫌いかがでございますかと猫撫で声で挨拶しますが」

「ふむ。しかし、あのおみちという娘は母親に似ていないの。母親は顔の造作がでかいというのに、娘は存外に美人だぞ」

「そうなのですよ。組み合わせがよろしければおみちさんのように美しいお嬢さんも生まれるのですね？」

そう言った雪江は話を聞いていた勘八郎の顔をまじまじと見つめ、何かを思い出したように「下らないお喋りをしてしまいました。ささ、御膳をお出ししなければ」と言ってから、声高に台所の女中の名を呼んだ。

勘八郎は嫌やな気分になった。口には出さないが雪江は小夜の器量の悪さに引け目を感じているのだと思う。その責めがすべて勘八郎にあると雪江は言いたいのかも知れない。おみちの母親の悪い噂と大袈裟にいうからもっと過激なことを勘八郎は予想したが、せいぜいが恰好が派手で芝居小屋に通う程度のことだった。いかにも真面目な雪江らしい。勘八郎は雪江の話にほっとする一方、拍子抜けしてもいた。

雪江は北町奉行所の臨時廻り同心、藤谷修理《しゅり》大夫《だゆう》の娘だった。雪江と勘八郎の祝言が纏まるには、例の岡部主馬の父親にも大層世話になった。雪江は勘八郎との縁組に乗り気ではなかったからだ。勘八郎はその縁組を逃したらまともな嫁など自分には来ないだろうと踏んで雪江の家に毎日のように訪れて妻になって下されと懇願した。岡部主水も勘八郎の人柄と同心としての将来を大いに脚色して勘八郎を褒め上げてくれた。主水と雪江の父親、それに勘八郎の父親の為後繁之進は子供の頃から親しくしていた友人同士でもあったからだ。雪江は勘八郎の熱意と父親の友人の説得でようやく勘八郎と祝言を挙げることを承知したのである。

夫婦喧嘩になると雪江はそのことを持ち出して勘八郎を攻撃した。

「あなたがわたくしと添えないのなら一生独り身を通すとおっしゃったから、わたくしは渋々この家に輿入《こしい》れしたのですよ。それを忘れてわたくしを貶《おとし》めるようなおっしゃりよう……誠実そうに見せて、あなたは猫を被っていたのですね？　いいえ、猫ではありませぬ。獣《けだもの》です。獣の面を被ってらしたのです」

……どちらがひどい物言いをするか、勘八郎は人に確かめて見たい気がしている。

六

翌日の夕方、半吉は商売を始める前のわずかな暇を見つけて勘八郎の住む八丁堀の組屋敷にやって来た。ちょうど勘八郎も奉行所を退出して来たところだった。

半吉の話では通油町近くの裏店に住む住人は富蔵《とみぞう》という中年の男だった。切見世の妓夫《ぎゆう》(客引き)をしている男だという。夕方から出かけ、朝には戻って来るが裏店にはほとんど寝に帰るだけのものらしかった。

おみちはその裏店を時々訪れているようだった。男が存外に小ざっぱりした恰好をしているのはおみちが着る物の面倒を見ているからではないかと半吉は言った。おみちの裁縫の腕はどうやらそんなところで磨かれたらしい。

「何んなんだ、その男とおみちの関係は？」

勘八郎はいらいらして言った。秋は日暮れが早い。見る見る庭先にいる半吉の顔に仄暗《ほのぐら》い影が差していた。まだ暮六つ（午後六時）の鐘が鳴るには間があった。

「へい。あの裏店でまともな奴と言ったら年寄りの竹細工を拵《こしら》えている夫婦なんですがね、そこの婆さんが富蔵はおみちの父親だと言っておりやした」

「父親？」

「何か訳ありで離れて住んでいるのだろうと言っておりやした。おみちが赤ん坊の頃は、あすこで三人で一緒に暮していたそうですぜ」

「夫婦別れしたのだな？」

「いえ、それがそうでもないようで、あっしには少しも訳がわかりやせんが、大家の話では、あすこの店賃《たなちん》はよし川が払っているようです」

「ん？」

勘八郎も訝しい眼を半吉に向けた。

「夫婦別れしてるのなら富蔵の店賃など払いますかね？　うっちゃっておくんじゃございんせ

んか?」

半吉も解せない顔で言う。

「それもそうだの。お前ェ、その富蔵に話を聞いたか?」

「へい。おみちは確かに実の娘だし、おしずも女房だとはっきり言いやした」

「ますます訳が分からぬ。いったいどういうことだ? 夫婦別れもしていないのに離れて暮しているということか?」

「そういうことらしいです。富蔵はあまり喋らない男なもんでそれ以上は聞けませんでしたが。少し実入りのいいことがあると、おみちのためによし川に届けるそうですぜ。結構、あれで父親らしいとあっしも感心しましたが」

「わかった。忙しいのにご苦労であった。明後日、お見廻りにはいつもの場所で待っているぞ」

勘八郎はそう言って半吉を解放した。半吉はすぐに小走りになって組屋敷の外に向かって行った。

半吉が出て行くと下男は表門を閉め、女中は雨戸を閉《た》て始めた。行灯《あんどん》の火を入れた自分の部屋で勘八郎は腕組みをして考え込んだ。人にはそれぞれ事情がある。しかし、そのような夫婦の場合は勘八郎も初めてのことだった。「別居夫婦」という奇妙な言葉を勘八郎は呟いてみた。だが、自分には理解できることではなかった。ただ一つ、わかることはそんな夫婦の間にあって娘のおみちが心を痛めていることだけは確かだった。子供は両親がいてこそ倖せなのだから。

「お父さま」

小夜が襖《ふすま》をからりと開けて入って来ると勘八郎の肩に両手を置いて「御飯ですよ」と言った。どうやら前夜のことは忘れてくれたようだ。

「うむ。今夜は何んだ？」

「お父さまのお好きな湯豆腐ですよ。それに青菜のお浸し、ご存知、鰯《いわし》のお煮付け」

小夜は芝居掛かった口調で言った。

「ご存知はよかったな。のう小夜、お前はよし川のおみちと仲が良いそうだな」

「ええ。それがどうかしまして？」

「おれはちょいとおみちに訊ねたいことがあるのでな、おみちをここに呼ぶことはできぬかの？」

「どうかしら。お武家の家は敷居が高いからって今までお誘いしても遊びに来てくれなかったのよ。小夜は何度かよし川に伺ったことはあるのですけど」

「ほれ、お前の単衣、手伝って貰うようなことを言っていたではないか。客間で気詰まりなら台所の板の間でどうだ？　なに、小半刻ほどのことだ。手間は取らせぬから何んとかおみちを呼んで来てくれ」

そう言うと小夜は真顔になって勘八郎を見た。

「おみっちゃんに何かあったのですか？」

「ちょいと家の事情が知りたいのだ。事件に関わることではないから心配するな」

「昨夜、お父さまは妙なことをおっしゃっていましたわね？」

「ん？」

「おみっちゃんに好きな男がいるのかどうかって……」

「いや、それはおれの間違いだった。おみちを通油町の近くで見かけたものだから少し心配になっての」

「通油町ならおみっちゃんのお父さまが住んでいる所よ」

「お前、あの子の父親のことを知っているのか？」

勘八郎は驚いていた。小夜は存外に友人の家庭の事情を知っている様子だった。小夜は勘八郎の前に座り直してコホンと空咳《からせき》をした。

「仲の良いお友達のことなら大抵知っているわ。あたい、これでも同心の娘ですもの」

「またあたいと言う。それはやめろ」

「同心の心得は市中の人々の暮しぶりを知ることから始まる」

小夜は胸をそらして重々しく言った。

「うむ。亡き父上のお言葉であった。小夜はよく憶えていたの」

「人の集まる場所には目を光らせよ。繁昌している商家の暖簾の色、屋号、奉公人の顔を憶えよ。その店の裏口も確認せよ」

「いかにも」

「いわくのある樹木にも気を配ること。捕り物の際の目印ともならん」

「ほうほう」

「定廻り同心が背中に皸《ひび》を切らすほどに市中を歩きに歩くのは、これただ地理を熟知するため。知らぬ小路の一つでもあるのは定廻りの恥と心得よ」

勘八郎は滔々《とうとう》と述べた小夜に思わず手を打っていた。

「ということでおみっちゃんのお父さまのこともそれとなく知っていたのよ」

「惜しいのう。小夜が男であったのなら間違いなくおれの跡を立派に継げたものを」

「おっしゃらないで。小夜だってそう思っているのですから。女に生まれた我が身が恨めしいのよ」

「なに、心配するな。おれが小夜の婿になる立派な男を捜してやる」

「本当？　小夜は岡部主馬さまのような方がいい」

勘八郎は思わず喉許からげッと奇妙な呻き声を上げていた。

「岡部の息子のどこがいいのだ」

「いつも厳しいお顔をして歩いていらっしゃるじゃないの。剣の腕もお強いし、小夜もおみっちゃんも岡部さまが通るのを見かけると素敵ねえと溜め息をついているのよ。岡部さまが奥さまを迎えられたら小夜もおみっちゃんもきっと泣くわ」

全く、親の心、子知らずとはこのことだった。岡部主馬が岡部家の跡取りであることが勘八郎のわずかな救いであった。間違っても小夜の亭主になることはない。

「とにかく、明日はおみちを呼んでおくように。いいな？　明日はなるべくおれも早く帰るから」

「はい、お父さま」

小夜は急に機嫌が悪くなった勘八郎を不思議そうに見つめながら、それでも素直に肯いていた。

七

へら台に布地を拡げ、おみちは小夜の単衣に印《しるし》をつけ直していた。へらの握り方からして小夜と雲泥の差があった。ぐっと握って力強くぐいぐいと印をつけて行く。印なのか折り皺なのか小夜の印のつけ方では埒《らち》が明かなかったらしい。傍で小夜が感心したように見ていた。

勘八郎が自宅に戻るとおみちと小夜は台所の少し広い板の間に折り畳みのへら台を持ち出して針仕事の真っ最中であった。塗りの盆に早生《わせ》みかんがあるのは恐らくおみちの手土産であろう。まだ青い部分を残している小粒のみかんはまるでおみちと小夜のような感じがした。

着替えを済ませて台所に顔を出した勘八郎に女中のお留《とめ》は驚いたような表情をした。勘八郎が台所に来ることなど滅多になかったからだ。おみちは手を止めて「数寄屋町のよし川のみちでございます。お邪魔させていただいております」としっかりした挨拶をした。

「いやなに。小夜に裁縫の指南をお願いしてかたじけない」

勘八郎も思わず大人に対するように応えていた。

「お父さまはね、おみっちゃんのお父さまのことを聞きたいのですって」

小夜があまりに率直に言ったので勘八郎はひやりとした。なるべくおみちを刺激しないようにやんわりと訊ねるつもりだったのだ。

おみちはぎくりと勘八郎を見た。その表情はすでに成熟した女のように見える。

「お父っつぁんが何かしましたか？」

「べつに事件の詮議をしようという訳ではないのだ。ちょいと気になっただけのことだから気楽に話して貰いたい」

「あたしとおっ母さんがお父っつぁんと離れて住んでいることですね？　変だとお思いでしょう？　でもお父っつぁんとおっ母さんは夫婦別れしている訳ではありません」

「おみっちゃんのおっ母さんはよし川の仕事があり、お父っつぁんはお父っつぁんで仕事がある。別々に暮している方が都合がいいのだろう」

勘八郎はおみちを慮って言った。

「はい、そうです」

「しかし、おみっちゃんはやはりお父っつぁんとおっ母さんと一緒に暮したいだろうの」

勘八郎がそう訊くとおみちの眼が潤んだ。小夜は慌てて「お父さま、何をおっしゃるの。そんなこと当たり前じゃないの」と勘八郎を詰った。茶を淹《い》れていた雪江も無言で勘八郎を睨んだ。

「済まぬのう」

「いいえ。店の人もあたしに気を遣ってお父っつぁんのことは口に出さないから、おじさんのようにさらりと言われると何んだか胸にこたえて……」

「ごめんなさいね、おみっちゃん。うちのお父さまは粗忽《そこつ》者ですから」

小夜の物言いに勘八郎はむっとしたが、おみちの手前、黙って茶を飲み下しただけだった。

「あたしのお父っつぁんは稲荷《いなり》町の大部屋役者だったんです」

おみちは手を動かしながら言った。ほう、と勘八郎は低く応えた。

「あたし、五つ頃まで通油町の裏店でおっ母さんとお父っつぁんと三人で暮していたんです」

「おみっちゃんのお父っつぁんが暮している裏店だな?」

「はいそうです。でも、お父っつぁんが舞台で怪我をすると途端にお米を買うお金もなくなってしまったんです。よし川はその頃から景気がよくなっていたので、おっ母さんは祖父《じい》ちゃんの所に無心《むしん》に行きました。祖父ちゃんは最初からおっ母さんとお父っつぁんが一緒になることには反対していたので、それ見たことかとおっ母さんを詰ったのです」

「うむ。おっ母さんのご両親にすれば心配していたことだろうからの」

「祖父ちゃんはおっ母さんに帰って来いと言いました。ただし、あたしだけを連れて」

「………」

「おみっちゃんのお父さまのことは?」

小夜が勘八郎の代わりに訊ねた。

「お父っつぁんのことはうっちゃっておけって……」

「ひどい！」

小夜は眼を大きく見開いた。

「お父っつぁんはそう言ったおっ母さんに、自分のことはいいから実家に戻れと言いました。そのままだったら親子三人、飢え死にするかも知れなかったからです」

「なかなか男らしいお父っつぁんだ」

勘八郎は富蔵に感心した。

「身体が動けない内はおっ母さんも店の人に食べ物をこっそり運ばせていたようだけど、お父っつぁんが今の仕事に就《つ》いてからは……」

「さっぱり面倒を見なくなってしまったのね？」

小夜はおみちの言葉を受けて言った。おみちはこくりと肯いて洟《はな》を啜《すす》った。

「面倒を見ないどころか、おっ母さん、よし川に戻ってからただの一度も通油町に行ったことはないの」

「それは心変わりしたという意味？」

「多分。でも、そんなふうにして夫婦別れするのは世間体が悪いと思っているのか、それとも人別を抜くの抜かないのが面倒臭いのかそのままにしているんです。よし川に戻って着る物、食べる物に不自由しなくなると貧乏暮しなんて二度とごめんだと言うようになりました。

勝手だとあたしは思いますけど、おっ母さんだから何も言えない」

勘八郎は何んと言っていいのかわからなくなった。よし川のお内儀の気持ちはわかるし、そんな母親と父親の間に入っているおみちの気持ちもまた切なかった。

「本当はおみっちゃんのお祖父さまがおみっちゃんのお父さまをよし川に呼んで下さればすべて丸く収まることなのにね」

小夜がうまいことを言った。話を聞いていた雪江と勘八郎は同時に大きく肯いていた。

「でも、それは駄目なの。祖父ちゃんは芯からお父っつぁんを嫌っているから。それにおっ母さんも愛想尽かししている今じゃ、詮ない話。お父っつぁんの立つ瀬もありゃしない」

「祖父さんはどうしてそれほどおみっちゃんのお父っつぁんを嫌うのかの？」

勘八郎はおみちの祖父が意固地に思えた。

「おじさん、そりゃあ、お父っつぁんが甲斐性《かいしょう》なしだからですよ。芝居のこと以外、芋《いも》の皮剝き一つできる訳じゃなし、客にお愛想を言える訳じゃなし」

「しかし、とある所で客引きをしているそうだから、まんざら愛想なしということもあるまい」

勘八郎が直截《ちょくせつ》な言葉を避けて言うと「切見世の妓夫の口上なんてお愛想の内に入りませんよ。目の前を通る客に旦那、どうです？　いい妓《こ》がおりやすよ、いかがさまで、なんて……

お客は愛想よく振る舞われるよりもお父っつぁんのように陰気な人の方がいいんです。舞台じゃ斬られ役、殺され役専門でしたから陰気な顔はお手のものなの。むしろ明るい顔が下手なのよ。そんなの、よし川に通用しません」おみちはその時だけ吐き捨てるように言った。

「おみっちゃんの言うことはもっともだな。今更言うのも何んだが、おみっちゃんのおっ母さんはどうしてそんなお父っつぁんを見初《みそ》めたのかの。陰気も承知、貧乏も承知で一緒になったはずなのだが……」

「本当に。あたしも不思議でしょうがないんです。それを言うとおっ母さんは自分が馬鹿だったと応えるだけです。若い頃、芝居が好きで芝居小屋に通っていた頃、おっ母さんはお父っつぁんにその気になったんでしょうよ。ほんの気まぐれみたいに。祖父ちゃんに反対されたらなおさら意地になって駆け落ちしたんですよ。貧乏暮しだって最初の内はおっ母さん、おもしろかったと思うわ。でも何年も続いたらさすがにね……あたし、おっ母さんが、さも苦労したように昔のことを話すのが大嫌い」

おみちは激しい口調になったが、いつの間にか印つけも終え、こてを当て始めていた。

「あたし、お父っつぁんの所に行く時は評判の狂言の役者絵を買って行くの。お父っつぁん、そりゃあ喜ぶの。本当は何かおいしい物を持って行きたいのだけれど、よし川の物はお父っつぁん、決して口にしなくなったから」

「そうね、わかるわ。おみっちゃんのお父さまの意地よねえ」

小夜が大人びた表情で言った。全くこの年頃は子供なのか大人なのか勘八郎には訳がわからなくなる。

「あたしがよし川のお内儀になったら必ずお父っつぁんを呼び寄せるから、それまで辛抱してねと言ってるの。あたし、早く大人になりたいんです」

おみちの健気《けなげ》な言葉に勘八郎は思わず貰い泣きしそうになった。勘八郎は送って行くから晩飯を食べて行くようにとおみちに言って台所を出た。茶の間に来た時は堪まらず咽《むせ》んでいた。雪江は後からやって来て怒ったような顔で桜紙を差し出した。勘八郎は音を立てて洟をかんだ。

「可哀想ですよ、あまり根掘り葉掘り訊ねるのは」

「ああわかっている。だからやめた。聞いている自分が堪まらん」

「子供に罪はありませんものを……」

雪江の言葉にも溜め息が混じった。

晩飯の後で勘八郎は小夜と一緒におみちを数寄屋町まで送った。お内儀のおしずは満面に笑みを絶やさず、こちらが気の毒に思うほど礼を言った。そしていらぬと言うのに鰻《うなぎ》の蒲焼《かばやき》を土産に持たせて寄こした。「旦那、たまには精をお付け下さいな」と余計なひと言を添えて。まるでこちらの粗末な食事内容を心得ているような口ぶりが勘八郎には気に入らなかった。

「よかった……」

小夜は勘八郎の腕に自分の腕を絡《から》めて呟くように言った。

「何が?」

「お父さまが小夜の傍にいてくれること」

「そうか……」

帰り道の小夜は口数が少なかった。自分の幸福を噛み締めているように思えた。父親が子供と一緒に暮しているという当たり前のことが、当たり前ではない子供もいるのだと小夜は改めて気づいたのだ。髪の匂いか肌の匂いか、花のような香りが勘八郎の鼻に届き、勘八郎は思わず背中をぞくりとさせていた。

八

小夜はおみちと以前にも増して仲良く遊ぶようになった。困ったことに役者をしていたおみちの父親の影響なのだろうか、小夜は人形遊びなどをする時に狂言芝居の台詞《せりふ》を思い入れたっぷりに口真似するようになってしまった。

芝居小屋など連れて行ったことはないのだが、子供心にも役者の台詞にある色艶はわかるらしく、何度も何度も気に入った台詞を繰り返していた。

「……くどい事いわんす。お前の目を忍んで助六さんと逢うからは、客さん方の真ん中で悪態口はまだなこと、ぶたりょうが、叩かりょうが、手に懸かって殺さりょうが、それが怖うて間夫狂いがなるものかいなあ。慮外《りょがい》ながら三浦屋の揚巻《あげまき》でござんす。男を立てる助六が深間、鬼の女房にゃ鬼神じゃわいなあ」

かと思えば、今度は敵方《あいかた》の助六になって、

「見かけは小さな野郎だが肝が大きい。遠くは八王子の炭焼き売炭《ばいたん》の歯っかけ爺ィ、近くは山谷の古遣《ふるや》り手、梅干し婆ァに至るまで、茶飲み話の喧嘩沙汰、男伊達《おとこだて》の無尽の掛捨て、ついに引けを取ったことのねえ男だ。江戸紫の鉢巻に髪はなまじめ、刷毛《はけ》先の間《えええだ》から覗《のぞ》いてみろ、安房上総《あわかずさ》が浮絵のように見えるわ。相手が増えれば竜に水、金竜山の宮殿から、目黒不動の尊像までご存知の、お江戸八百八町にかくれのねえ、杏葉牡丹《ぎょうようぼたん》の紋付も、桜に匂う仲の町、花川戸の助六とも、揚巻の助六ともいう若い者、間近く寄って面像《しゃっつら》、拝み奉れええ……」

ご丁寧にその後で大向こうの「音羽屋」だの「成田屋」だのの声まで掛けている。雪江の困惑が勘八郎にはよくわかった。勘八郎もどうしたものかと案じていたが、小夜に面と向かっておみちと付き合うなとは言えなかった。

富蔵は大部屋役者であったが、いつの日か舞台で観衆の注目を集める役者になりたいと思っていたのだろう。そう思わなくて何んで役者が務まるだろうか。舞台の袖で立役者の台詞を一言一句覚え続けたのだ。それを口移しに娘に聞かせたのだろう。富蔵のそれはおみちにとって寝物語の御伽噺《おとぎばなし》と同じ性質のものだったに違いない。現実の富蔵は斬られ役、殺され役専門であったが。

勘八郎が富蔵に少なからず関心を持ったのは同心としての勘が働いていた訳ではなかった。だが、おみちを通油町で見かけてからちょうどひと月後、富蔵は客とのいざこざから命を落とす事態となってしまった。

酔った勢いで切見世に繰り出した客は揚げ代を値切った。富蔵がそれを承知しなかったことを客は恨みに思い、仲間数人と待ち伏せして富蔵を殴りつけたらしい。富蔵が動かなくなったので気絶したと思ったようだが、富蔵が倒れた拍子の当たり所が悪かったようだ。夜が明けてから、納豆売りの小僧が路上に倒れていた富蔵を発見して自身番に届けたのである。

半吉は商売を終えて裏店に帰るところで土地の岡っ引きと出くわした。そのまま一緒に富蔵の倒れていた現場に駆けつけたのだ。半吉はついひと月前に富蔵と話をしているので仏がすぐに富蔵であることがわかった。一緒に行った岡っ引きは岡部主水に使われている者だったが、半吉はおみちのことがあったので勘八郎にも知らせた。検屍《けんし》は岡部主水の息子の主馬と勘八郎が行うことになった。

もちろん、すぐに半吉をよし川にやって富蔵の死を知らせた。おしずはさすがに富蔵の死体を前にしては泣きじゃくったが、おみちは母親の傍にいて、蒼ざめた顔で富蔵を見つめているだけだった。

主馬の働きは目覚しいものがあった。富蔵の前夜の行動をこと細かく調べ上げ、諍《いさか》いのあった客を切見世の近くの居酒屋から割り出し、左官職の男、三人を突き止めて大番屋に連行した。男達は若い主馬を小馬鹿にして最初は知らぬと強情を張っていたが、執拗な仕置に堪えきれずにとうとう自白した。勘八郎はこの時の主馬の非情とも思える仕置には畏《おそ》れ入って「いや、岡部殿。お若いのにあっぱれでござる」と思わず褒め言葉になっていた。

主馬は先輩に褒められたのに「拙者はあの三人が富蔵殺しの下手人と確信しておりました故、少し手荒ではありましたが追及しただけです。これで富蔵も浮かばれましょう」と格別嬉しそうでもない顔で言った。

富蔵の亡骸《なきがら》はよし川が引き取るものと思っていたが、おしずは富蔵の葬儀を通油町の方で行うと言った。世間体を気にしてのことだったのだろう。葬儀をするに当たって富蔵の裏店の荷物の処分があった。これには勘八郎と主馬が二人で立ち会うことになった。勘八郎は主馬と配下の岡っ引きに任せるつもりであったのだが、おみちが勘八郎にも是非にと頼んで来た。それに主馬も勘八郎に「同行をお願い致します」と頭を下げたので勘八郎は承知したのだ。

おしずは手回しよく、富蔵の裏店に屑屋を呼んでいた。おしずの傍にはおみちが心細いような表情でいた。勘八郎がおみちの肩をそっと引き寄せると「おじさん……」と、か細い声を洩らした。

立ち会うと言っても勘八郎も主馬も、おしずが思い切りよく屑屋に家財道具を渡すのを黙って眺めているだけのことだった。

おみちは自分が富蔵のために縫った着物を風呂敷に包んだ。それだけは持って帰るつもりだったようだ。その中には真新しい下帯が何枚か入っていた。おしずは「そんなものまで縫ったのかえ?」と呆れた声を出したが、おみちは唇を嚙み締めて返事もしなかった。主馬がそっと顔をそむけた。

おしずは家財道具を処分しながら時々懐かしそうに口を開いた。

「おみち、見てごらん。この欠けた湯呑。これ、お前が土間に落っことして欠けさせたのだよ。まあ後生大事にあの人ったら……捨てりゃいいものを」

おしずの表情には富蔵の死を悼むという気持ちは感じられなかった。手に取る物にいちいち大袈裟に溜め息をついた。貧しい家財道具を恥じている様子だった。富蔵の使っていた煎《せん》餅《べい》蒲《ぶ》団《とん》に至ってはさすがの勘八郎もむっと腹が立った。

「まあ、あの人ったら。まだこの蒲団を使っていたのね。これは所帯を持った時に買ったものだ。もう十年以上も……おお気持ちが悪い。綿もぺしゃんこで側《かわ》だって垢《あか》でどろどろで、よくもよくもこんな蒲団、呆れたものだ。ちょいと打ち直しに出せば、ずっと気持ちよく寝られるものを」

野郎がどうして蒲団の打ち直しをする才覚があると言うのだろう。憎くて別れた亭主でもあるまいし、自分が時間を作って富蔵の身の回りの世話ぐらいできたはずではないか。

勘八郎はおしずの勝手な物言いに怒鳴りたくなるのを堪えていた。おしずは手に取る物を懐かしむのに倦《う》むと、後は機械的に外の屑屋に家財道具を放り出し、さして汚れてもいない掌を癇性《かんしょう》に払った。おみちは母親を手伝いながら、ほとんど口を利かなかった。しかし、次第に呼吸が荒くなり、肩が上下しているのが勘八郎にはわかった。おみちは必死で母親への怒りを堪えていた。

「お内儀、仏さんの使っていた道具だ。もそっと丁寧に扱ったらいかがなものかの」

勘八郎は柔かくおしずを制した。おみちが不憫《ふびん》であった。主馬がふっと勘八郎を見た。

「旦那、どうせゴミのような物ばかりですからお気を遣わなくてもよござんすよ」

おしずがそう言うと、さすがに主馬も眉を持ち上げて不快げな顔をした。

「しかし……」と勘八郎が口を開き掛けた時、ついにおみちの癇癪《かんしゃく》が爆発した。

「何がゴミよ。これは全部、お父っつぁんの生きていた証《あかし》じゃないか。本当ならあたし、何一つ、屑屋なんかに売りたくないのよ。こんな暮しをさせていたのは誰なんだ。お父っつぁんを放り出したくせに……」

おみちはそこまで言ってわッと声を上げた。

両手で顔を覆い、しゃがみ込んで堰《せき》を切ったように泣きじゃくった。主馬はどうしてよいかわからない様子で、そんなおみちと勘八郎の顔を交互に見ている。

「まあ、何んて子だろう。親に向かって大層な口を利くよ。今に罰が当たるよ。お前だってよし川のお蔭でぬくぬくと暮していたくせに偉そうなことをお言いでないよ」

おしずがそう言った途端、勘八郎の右手が勝手に動いた。勘八郎はおしずの頬に平手打ちを喰らわしていた。主馬が慌てて勘八郎を止めた。

「手前ェ、娘の気持ちをもう少し考えてやれねェのか？　おみっちゃんはまだ子供だ。何ができる。せいぜい富蔵の着る物を拵えるのが精一杯だ。褌《ふんどし》まで拵えさせて、恥を知れ、このッ」

主馬にとって堪忍旦那の勘八郎が初めて見せた激しい表情だった。主馬がいなければ勘八郎はおしずの髪を摑んで引き摺《ず》り回していたかも知れない。おしずは唇をぶるぶると震わせて勘八郎に黙って頭を下げた。それからは余計なことは何一つ喋らなかった。

九

江戸の町は師走を迎えていた。冷たい木枯らしが吹き、お見廻りをする勘八郎にとって最悪の季節になっていた。師走に入れば借金の支払いに窮して、夜逃げをする者やら首を縊《くく》る者やら世知辛い事件が発生する。火事も油断できない。

襟巻をした首を寒そうに縮めて勘八郎は埃《ほこり》っぽい通りを歩いていた。耳が痛いほど風が滲《し》みるので夜半には白いものでも落ちて来そうな気配である。それでいて存外に人通りが多い。さすがに師走であった。

「おう、今日は早目に切り上げるか？　とてもじゃねェが身が持たぬ」

勘八郎は後ろからついて来る半吉を振り返って言った。いつもより四半刻ほど早い時刻であったが、連日びっしりと歩き廻っていた勘八郎にはその日の寒さがことの外、堪えていた。少し息抜きも必要だった。大晦日までに奉行所からさらに警戒の沙汰も強まるはずであった。

半吉は綿入れに股引《ももひ》きを穿《は》き、手拭で頰被《ほおかむ》りをした恰好で肯いた。鼻の頭が赤くなっている。一瞬、嬉しそうな表情が寒さにかじかんだ顔に溢れた。しかし、すぐに真顔になって「旦那……」と勘八郎の紋付の袖をツッと引いた。通油町の一郭だった。

「あれ、よし川のおみちですぜ」

紫色のおこそ頭巾《ずきん》を被っていたので半吉に言われなければ勘八郎は見過ごしてしまうところだった。おみちは富蔵の裏店に通じる露地の前につくねんと佇《たたず》んでいた。風がおみちの着物の裾を翻し、蠟《ろう》のように白い臑《すね》が見えた。

「おみっちゃん」

勘八郎はおみちの肩を叩いた。

「おじさん」

勘八郎に気づいたおみちは無理に笑顔を造ろうとして唇の端が引きつった。唇はとうに紫色になっている。

「お父っつぁんの家が懐かしくて来たのか？」

そう訊くとおみちは肯いた。

「見に行ったらいいじゃねェか。もっとも今は誰か別の店子《たなこ》が入っているだろうが」

「駄目なの。あたし、行けない」

「どうして？」

「足が竦《すく》んで……お父っつぁんが生きていた時はこの露地を曲がる時、胸がわくわくしたの。お父っつぁん、いるだろうかって。その気持ちがあたしは好きだった。顔を見ると別にどうということもないのだけれど、この角を曲がる時だけ不思議に胸がわくわくしたのよ」

「お父っつぁんに逢える嬉しさがそんなふうにさせたのだろう。お前ェはここから駆け出すんだ、そうだな？」

「ええそう。だって歩いていたら胸が熱くなって泣きそうになるのよ。だからあたしは走ってこの角を曲がるの」

「だったら今も駆け出しちまいな」

「できないの、どうしても。だってお父っつぁん、いないのでしょう？　そしたらあたしの気持ちはどうなるのかしら。それを考えると気が変になりそう」

「…………」

「よし川にいると、お父っつぁんがまだ生きているような気がしてならないのよ。誰もお父っつぁんのことは話さないから。生きていた時とまるで同じなの」

「富蔵の仏は見たよな？　富蔵は死んだんだ。そこのところはおみっちゃん、しっかり胸に叩き込まなきゃならない。辛《つら》くても悲しくてもそれは仕方のねェことなんだからな」

「おじさん、そんなこと言わないで。お父っつぁんが死んでもこの角はあるのよ。いつだってあるのよ。ここはお父っつぁんが死ぬと同時になくならなきゃいけないのに……」

「………」

勘八郎はつかの間、黙った。勘八郎も同じような気持ちになったことがあった。母親が死んだ翌朝、いつも通り納豆売りが組屋敷の前を通ったのに驚いたのだ。すると庭の樹がいつもと変わりなく葉裏を見せて風にそよいでいるのも、空が青いのも、雀がうるさく鳴く声もすべて不思議に思えた。母上が亡くなったのに、どうして世間はそのままなのだろうと。それを勘八郎はふっと思い出していた。

勘八郎はおみちの肩を抱き、「さて、甘酒でも奢《おご》ろうか。おみっちゃんは寒さでちょいと普通でなくなっている」と言った。こくりと肯いたおみちはそれでも露地の角を振り返り、振り返りして、ようやくその場を離れた。

露地の角。勘八郎は切なかった。露地の角がおみちに与えたものは何んだったのだろう。びっしりと厚い雲に覆われた低い空から、とうとう白い雪が落ちて来た。勘八郎がおみちのか細い身体をさらに引き寄せると、おみちはウッと呻いた。そして泣き声は立てずに涙だけを流していた。仄暗い空の上から姿は見えないのに鳥の声が鋭く聞こえた。群れからはぐれた渡鳥であろうか。

その鳥のもの悲しい声と、後をついて来る半吉のくしゃみの音を勘八郎はなぜかしばらく忘れることができなかった。

☆参考書目

『歌舞伎をみる』西山松之助著（岩波ジュニア新書）

犬嫌い

一

「紅塵堂《こうじんどう》」は久松《ひさまつ》町の角地にあった。

冨沢《とみざわ》町の方から見たら栄橋《さかえばし》を渡ってすぐ左に折れ、一つ目の辻の手前に軒《のき》看板が見える。間口二間の紅塵堂は、その界隈では結構知られた店だった。久松町から南は武家屋敷が大川の傍まで続いている。細川越中守屋敷前辺りは浜町河岸《はまちょうがし》で、そのせいで久松町から南は浜町と呼ばれていた。だから久松町の紅塵堂は浜町の紅塵堂と呼ばれることも多い。主の鈴木八右衛門《やえもん》が浜町河岸から両国近辺までを縄張にする岡っ引きでもあったので、なおさらそう呼ばれるのだろう。

初めて訪れる客は紅塵堂を古道具屋と当たりをつけるだろう。紅塵堂の店前には信楽《しがらき》焼の大狸が人待ち顔で立っていたし、その横には大小の水瓶《みずがめ》も並んでいる。万年青《おもと》の植木鉢もあるが、それは売り物ではなく、お内儀《かみ》の月江《つきえ》が育てているものだった。店に足を踏み入れると仄暗い店内には陶器の類が目につく。

織部茶碗だの伊万里《いまり》の壺だの唐草の絵皿だの。しかし、よく見ると若い娘や町家の女房の喜びそうな小間物もある。それ等はとても骨董とは思えない今流行《はや》りの物ばかりである。店座敷には一つ十五銅の高級化粧水も網代《あじろ》に編んだ籠《かご》に紫色の袱紗《ふくさ》を敷いて無造作に五つばかり放り込まれていた。

店内は外から見るより奥行きがあった。土間も広い。床几《しょうぎ》が設《しつら》えてあり、藍《あい》木綿の小座蒲団が三つ敷いてあった。床几の前に古い大きな瀬戸火鉢があり、五徳《ごとく》の上の鉄瓶はいつもしゅんしゅんと湯気を上げている。鉄瓶の湯はお内儀の月江が客に茶を振る舞うために沸かされているのだ。

火鉢の傍が格子で囲った帳場になる。ここに座って月江が愛想のよい笑顔で客を迎える。帳場の後ろは壁になっていて、そこには「萬病感應丸《まんびょうかんのうがん》」「神薬《しんやく》」「腸内毒掃丸《ちょうないどくそうがん》」の三枚の薬看板が貼ってある。薬看板の下に薬簞笥《くすりだんす》が置いてあるところを見ると、どうやら薬も商っている様子である。初めての客はそんな店内の様子を不思議がり「はて、ここは何屋とお呼びすればよろしいのですかな?」と月江に訊ねる。

「はい。いったい何屋とお答えしたらよろしいのでしょうか。古道具屋とも小間物屋とも薬屋とも言えますものね。まあ万屋《よろず》とでも言っておきましょうか」

月江はそう言って朗らかに笑うのであった。

北町奉行所定廻り同心、為後勘八郎も最初に紅塵堂を訪れた時、そんな質問をしたような気がする。月江はそろそろ四十の声を聞く。

八右衛門は四十五であった。二人は十五年ほど前、はるばる長崎から江戸へ出て来たのである。

八右衛門は長崎にいた頃、長崎奉行所に務める同心であった。商家とつるんで密貿易に加担したことで役職を解かれたのだ。八右衛門が手にしたのはたった五両の金だった。しかし、お上に仕える者がたった五両といえども罪を逃れることはできない。世間の風評に堪えられず、月江と二人で遠く江戸までやって来たのだ。

当時の長崎奉行は裁きを別にして八右衛門には同情を寄せていた。密貿易に加担したのは八右衛門だけではなかった。上司、同僚と七人ほどが裁きを受けた。八右衛門は明確な悪事の意思がないまま、引き摺られるように仲間に加えられたのだ。断ることはその時の八右衛門には難しいことだった。長崎奉行はそれを慮《おもんぱか》って八右衛門に江戸行きを勧めたのだ。

勘八郎の上司である与力、山形浪次郎は長崎奉行とは古くからの知り合いであった。長崎奉行は山形に八右衛門の事後を託した。どうにか道の立つようにとの手紙を書いてくれた。

久松町の借家を見つけてくれたのも山形である。その借家の大家が紅塵堂という名の薬屋だった。八右衛門と月江の入った借家の隣りに店を構えていたのだ。

跡継ぎのいない紅塵堂は高齢で、古くからの番頭と二人で店を切り回していた。八右衛門は江戸に出て来てから山形の下で小者として働くようになった。もとは同心であるので事件の探索は心得ている。

山形の小者の八右衛門はやがて勘八郎と行動を共にすることも多くなり、今では勘八郎の小者と考える者すらいる。しかし、小者の手当は相変わらず山形の懐から出ていた。八右衛門は「すっぽんの八」という異名で土地では知られた岡っ引きである。喰らいついたら離れないという事件に対する姿勢がそう呼ばせるのだろう。堪忍旦那と呼ばれる勘八郎とはいささか趣を異にするようだが、勘八郎は八右衛門と気が合った。

骨董の趣味があった八右衛門は借家で古道具屋を開いた。長崎から持って来た物を店に並べ、また、江戸の市中を歩いて見つけた物も磨いて、それも店に並べた。その内に日本橋にある唐物《からもの》問屋につてを求めて、時々に品物の補充をすることもできるようになった。

開いた店は特に屋号を定めなかったので、人は紅塵堂の隣りの道具屋と最初は呼んでいた。物珍しさにひやかしの客も訪れた。月江は鷹揚《おうよう》な性格だったので、買っても買わなくても客には愛想よく振る舞った。その中には小間物問屋の隠居もいて、ついでに自分の所の品物も置かないかという話が出た。月江は喜んでその話を受けた。辛気臭い古道具屋の賑わいにもなると思ったからだ。それが今では古道具を凌《しの》ぐ売り上げとなっている。

その内に大家の紅塵堂が老齢を理由に店を畳み、向島に引っ込むことになった。紅塵堂の主は月江に残っている薬を引き受けてくれないかと頼んだ。古くからの客が当座、不便を感じないようにとの配慮である。主が出て行った後に、八右衛門夫婦は間口の広い紅塵堂の方に店と住まいを移すことになっていた。だから主は月江にそう頼んだのだろう。さすがに薬は畑違いなので月江は断ったのだが、やはり里に帰ることになった年寄りの番頭が月江に薬のことを指南すると言った。

残っている薬を捌《さば》いたら、それで薬は止《や》めてもいいと言ったので、月江は渋々、承知した。

同じような色と形の薬は判別に苦労した。しかし、いい加減に聞いていては客に迷惑が及ぶ。呑気《のんき》な月江もこの時ばかりは真剣に番頭の話を聞いた。帳場の壁にある薬看板と薬簞笥は紅塵堂の主から譲り受けた物である。

ついでに紅塵堂の屋号も譲って貰った。紅塵堂の主は店の名が残ることを喜んでいた。

薬はこれも案外早く捌くことができた。もしもその先、続ける意志があるなら銀座通りにある薬種問屋と相談するようにと番頭は月江に言い置いた。薬から思わぬ実入りがあった月江は欲が出て、その薬種問屋に出向いて品物を回して貰うことを頼んだ。薬種問屋は紅塵堂の名前を出すと二つ返事で承知してくれた。

長崎からほとんど無一文で出て来た月江と八右衛門は思わぬほどの運に恵まれて店を繁昌させることができたのである。

大家がそれから三年後に亡くなり、親戚の者が訪れて店を買い上げてくれないかという話になった時も、月江はさほど慌てることなく手付金を打つことができた。

勘八郎は紅塵堂を訪れるのを楽しみにしていた。さほど務め向きの話がなくても気軽に立ち寄り、小半刻《こはんとき》、月江と無駄話をして行くのだ。ついでに妻の雪江や娘の小夜の喜びそうな小間物を買うこともあった。

月江と八右衛門には娘が一人いた。十四になった小夜より一つ下の娘だった。

月江と八右衛門の年齢から考えると娘の年齢は少な過ぎるようだが、それには仔細があった。

二

その朝、奉行所の申し送りを終えた勘八郎は中間《ちゅうげん》の彦七《ひこしち》を組屋敷に戻し、伴もつけずに一人で紅塵堂へ向かった。こんなことは珍しい。その日、八右衛門がお見廻りの伴につくことにはなっていたが。

奉行所に出迎えると言った八右衛門には道筋になるから、こっちから行くと勘八郎は言ったのだ。両国広小路界隈のお見廻りを予定していた。久松町はそのすぐ手前である。なに、月江の淹れてくれる茶が目当てだった。

栄橋を渡った時、掘割《ほりわり》の水は朝の陽射しを眩《まぶ》しく照り返していた。勘八郎は眼を細めて、温《ぬる》んでいるような水の面を眺めた。

紅塵堂の前の通りは掃除も済んで、箒目《ほうきめ》が清々しくついていた。小僧の今朝松《けさまつ》が人待ち顔で店の外に立っていた。まだ十かそこらの子供だった。お仕着せの縞《しま》木綿の着物に紺の前垂れが可愛かった。

「おう小僧、しっかり奉公しているか?」

勘八郎は前髪頭の今朝松に声を掛けた。分別臭い今朝松の表情が和んだ。小粒の白い歯を見せて「お早うございます。お越しなさいませ」と頭を下げた。

「これから用足しにでも行くのか?」

「はい。お嬢さんが手習いにいらっしゃるのでお伴致します。ついでにわたしもお稽古して来ます」

「ほう、感心だの。しっかり覚えて来いよ。手習いは後々役に立つものだ」

はい、と応えた今朝松は中の月江に勘八郎の来訪を告げると、ついでに首を伸ばして梯子《はしご》段《だん》に向かって「お嬢さん、行きますよ。まだですかあ」と姉を呼ぶような焦《じ》れた声を上げた。

帳場の壁の後ろ側は梯子段になっていて、二階に娘のゆたの部屋がある。内所《ないしょ》と店は紺の暖簾で仕切られている。

「まあまあ為後様、お早うございます」

月江が履物を突っ掛けて外まで出て来て、笑顔千両と評判の、愛想のよい表情で勘八郎に頭を下げた。

「八の字はいるか？」

「ただいま、自身番の方へ顔を出しております。ほどなく戻って参りますので、どうぞお休みになってお待ち下さいませ」

「うむ」

月江に促されて勘八郎は店に入り床几に腰を下ろした。月江は「今日はよいお日和でございますわね？」と茶を淹れながら言った。

月江に相手をして貰えるなら待つことは一向、苦痛ではなかった。ふんわりと真綿に包まれたように穏やかな気持ちになれる。

月江は黒八《くろはち》を掛けたくちなし色の袷《あわせ》に白地に臙脂《えんじ》の色が入った帯を締めていた。にび色の前垂れがかいがいしくも見えた。紙入れの根付けが帯の外で揺れている。小槌《こづち》の意匠を施したものである。その根付けは象牙であろうかと勘八郎はぼんやり思っていた。

梯子段から荒い足音が聞こえた。途中で暖簾を掻き分け、ゆたの小さな顔が覗いた。ゆたは今朝松の姿を認めるとほれッという感じで手に持っていた風呂敷包みを放り投げた。風呂敷包みの中味は手習いの道具であろう。勘八郎の頭の上を風呂敷包みが通り過ぎる風が起きた。今朝松は間合よく、その包みを受け取った。

「おッ、今日はうまいじゃないか」

ゆたの褒め言葉に今朝松はにッと笑った。

「ゆた、何んです、お客様の前で」

月江はそれまでの柔和な表情を消して甲高い声を上げた。勘八郎に苦笑が洩れた。妻の雪江が小夜を叱る時とそっくりであった。

ゆたは口を尖らせて店座敷に来ると、勘八郎にぺこりと頭を下げ、おざなりの挨拶をした。びっくりするような大きな眼が特長で、少し上向いた鼻も鼻筋が通っている。色も白い。黙っている分にはちょっとした小町娘だが、何しろその物言いと仕種《しぐさ》が男まさりで、近所でも評判の娘なのだ。

「八丁堀、今日はどこへお見廻りに行くんだえ？」

ゆたは小意地の悪い表情を浮かべて勘八郎に訊いた。

「ゆた!」

月江の金切り声が覆い被さった。勘八郎は格別驚きもしない。いつものことだった。花色の小袖も、背丈に合わせて幅を狭くした臙脂の帯もゆたにはよく似合う。月江がすべてゆたの着る物を自分で縫うのだ。月江はその年頃の少女がどんな物を着たらよく映るか、充分に心得ているような母親だった。

「ちょっとな、お前ェのお父っつぁんと両国まで道行きだ」

ゆたに調子を合わせて勘八郎は応えた。

「御用の筋に道行きというのも凄まじいや。おれのお父っつぁんは役に立っているのかえ?」

ゆたはずけずけと言う。

「役に立つからおれもこうしてやって来るのだ」

「小夜、元気か?」

ゆたは鼻の頭に小皺を拵《こしら》えて訊ねた。唐人髷《とうじんまげ》に結った頭がゆたの利かん気な顔に合っていた。頭に黒い大きな蝶々を留まらせているようにも見える。

「ああ元気だ。たまにはお前ェも遊びに来い」

「八丁堀まで行くにはちょいと骨だからな。まあその内、小夜の真ん丸い顔でも眺めに行くわな。小夜はまだいいなごを追い掛けているのか?」

「もう、ゆた。いい加減におし。さっさと手習いに行っといで」

月江は我慢ならないというようにゆたを追い立てた。

「わかってるよ。言われなくても行くよ。おっ母さん、八丁堀の口説き文句にうかうか乗るんじゃないよ」

堪まらず拳を振り上げた月江にゆたは首を竦《すく》め、今朝松と一緒に外へ出て行った。

「相変わらずだの、おゆた坊は」

ゆたが出て行くと紅塵堂の店内は妙にしんみりとした静寂に包まれた気がした。

「お恥ずかしい限りです。いつまで経っても跳ねっ返りで」

「言いたいことを言って、やりたいことをやる……それだけこの家が居心地のよい所なのだろう」

勘八郎がそう言うと月江は縋《すが》るような目になって「本当にそう思っていただけます?」と訊ねた。勘八郎は少しどぎまぎとなって肯いた。月江は自分が醸《かも》し出す色気に気づいていない。仕種も流す視線も本人は意識的ではないのに、勘八郎は時々はっとするような艶《なまめ》かしさを感じた。長崎にいた頃はさぞや土地の男どもを血迷わせたことだろう。しかし、江戸にどうでもついて行くと言ったのは月江の方だった。格別男前でもない八右衛門のどこに月江をそうまで思い詰めさせる魅力があったのだろうか。勘八郎は男と女のことはわからないとつくづく思う。

「おゆた坊は小夜がいなごを追い掛けるのどうのと言っていたが、あれはお内儀、どういう意味かの？」

勘八郎はふと気になって月江に訊ねた。

「まあ、申し訳ございません。口の悪い娘なものですから人様に勝手に渾名をつけてからかっているのですよ。いなごは……ここだけの話でございますよ」

月江は勘八郎に念を押して「岡部様の息子さんのことを言っているのですよ。痩せていらっしゃるから」と言った。

勘八郎は顔をしかめた。臨時廻り同心、岡部主水の息子で見習いをしている岡部主馬のことだった。今年、十九歳になる。

言うこともすることも青臭く生意気で、勘八郎とは反りが合わなかった。その男を小夜が追い掛けているという。嫌やな気持ちになった。

「為後様、ご心配には及びませんわ。あの年頃は少し様子のいい男の人には憧れるものです。姿を見てうっとりしているだけのことですから。岡部様の息子さんなら素性もはっきりしておりますし、どうということもありませんでしょう。麻疹《はしか》のようなものです。わたくしもあの年頃はそうでした」

「小夜は一人娘なので、いずれ婿を迎えなければならぬと思っておるが、岡部のいなごに岡惚れしているとは穏やかではない。なに、以前に亭主になる男は岡部のような男がいいとは抜かしておったが……どこがいいのかさっぱりわからん」

勘八郎は苦々しい表情で吐き捨てるように言った。

「まあ、為後様のその言い方、うちの人にそっくり。いえね、うちの人もゆたが火消しの誰それがいい、板前の誰それがいいと言う度に頭に血を昇らせたように、あんな者は駄目だと取りつく島もないのですよ」

月江は愉快そうに鈴のような声で笑った。

外から小走りに駆けて来る足音がして、八右衛門が荒い息をして戻って来た。

「お待たせ致しました」

八右衛門はそう言って頭を下げた。鉄紺色の着物と対《つい》の羽織を着て、着物の裾は尻端折《しりつぱしよ》り。水色の股引きを見せ、黒足袋に雪駄履きという形《なり》は岡っ引きだが八右衛門の物言いはいつも折り目正しく、勘八郎の前では崩れたところを見せなかった。もと役人という矜持《きようじ》がそうさせているのかも知れない。

「自身番の方に何か新しい話でもあったか？」

「はい。例の黒犬は、どうも深川に飼い主がいるようです。ひと暴れして橋を渡って戻るのを見た者が何人もおりますから」

近頃、江戸では人を嚙む犬が横行していた。

野良犬は市中でも見かけることは多い。餌を求めて擦り寄って来る犬もいる。大抵はしッと追い払うとすぐに傍を離れてしまうものだ。しかし、問題になっている黒犬は追い払う仕種をすると敵対心を剝き出しにして襲い掛かって来るという。嚙みつかれて怪我をする者が出ていた。一刻も早く捕まえたいとは思っていたが、何しろその黒犬のすばしっこいことと言ったらなかった。嚙みつくや一目散に逃げてしまうのだった。その犬が出没した辺りに盗難事件が発生しているのも気になった。犬のことで大騒ぎをしている隙《すき》を狙われて、近所の住人は金品や家財道具のあれこれを奪われていた。こそ泥と黒犬の関連を勘八郎と八右衛門は探っていた。

黒犬とひと口に言っても、そんな犬はざらにいた。あれでもなし、これでもなしと捜している内に存外に時間を取られていた。

「困ったものだのう。敵が犬と来てはどうすることもできぬ。飼い主を見つけ出して手を打たぬことには……恐らく、その犬は飼い主の言うことしか聞かぬのであろう」

勘八郎は二杯目の茶を口に運びながら言った。八右衛門も店座敷の縁に腰を下ろし、月江の差し出した湯呑を受け取りながら「飼い主がこそ泥の下手人だとしたらなおさら問題です」と言った。

「そっちの調べはまだつかぬか？」

「はい。どうもまだはっきり致しません。埒もない事件と高を括《くく》っておりましたが、これほど長引くとは予想外でした。立て続けに黒犬が現れるのなら足もつくんでしょうが、思い出したようにぽつぽつと現れるので難儀しております」

「どのくらいの間隔で犬は現れるのだ？」

「十日に一度という割合でしょうか」

「深川に目星のついてる奴はいるのか？」

「冬木町にちょいと気になる男がおります。錺職《かざりしょく》をしている独り者の男なんですが、家の中で犬を五、六匹飼っているようです。それがどれも黒い犬で、人を噛むのがどの犬なのか特定できません。何んでも問題の犬は腹に傷の痕《あと》があるそうなんですよ。いちいち犬の腹を見るというのも気骨の折れる仕事ですからね」

「こそ泥の線はどうだ？」

「さあ、それもはっきりした証拠は摑んでおりません。冬木町の男はおとなしい奴で、近所の話でもそれらしいことは出て来ません。黒い犬を飼っているだけで下手人と決めつけるのは可哀想だと言われると、土地の親分もそれ以上突っ込んだことはできないようです」

「なるほどな」

「怖いですわね。犬と言っても侮《あなど》れませんね。小さい子供の親御さんは子供に危害を加えられたらと、おちおち外にも出せませんでしょう」

月江は鉄瓶に水を足してから眉根を寄せて言った。鉄瓶の下についていた水気が火鉢の火に落ちてじゅッと弾《はじ》けたような音がした。

初夏を迎えた江戸ではもはや火鉢の火は無用のものだった。戸を明け放している外は仄暗い店内から見たら白っぽい光が眩しかった。

勘八郎の額に汗が滲《にじ》んでいる。

「おゆた坊なら嚙みつく犬だろうが何んだろうが平気だろうな」

勘八郎がそう言うと八右衛門は鼻を鳴らした。

「旦那、それがそうとも言えませんで。あいつは犬どころか猫も鳥も、およそ生き物は一切、苦手な奴でして」

「ほう。それは意外だの。おゆた坊にそんな弱点があったとは」

勘八郎に苦笑が込み上げた。ゆたが犬猫を前にして怖気《おじけ》づく図が頭に浮かんだ。

「あれは家《うち》に来て、すぐの頃のことだったか?」

八右衛門は月江を見て訊いた。

「そうですわね。まだ三つの時でした」

「ゆたを湯屋に連れて行った帰りに迷子になっていた子犬を拾ったんですよ」

「ほう」

勘八郎は興味深そうに八右衛門の話に耳を傾けた。

「わたしはそんな犬、放っておけと言ったんですが聞きませんで、それで仕方なく家に連れて帰りました」

「あの頃は大層可愛がっておりました。一緒に寝るなどと言いまして、蒲団に入れてやりましたよ。ゆたが寝入ってから外の犬小屋に連れて行ったものです。この人、玄能《げんのう》や鋸《のこ》を持ち出しまして、苦労して犬小屋を拵えたんですよ」

月江は昔を思い出して懐かしそうな顔で言った。

「それでその犬はどうした？」

勘八郎が訊ねると月江と八右衛門は顔を見合わせて笑顔を消した。

「犬にはノラ公と名前をつけました。ゆたがつけたんです。一年も経つと一丁前に大きくなりました。と言っても、さほど大きな犬にはなりませんでしたが。中型というところだったな？」

八右衛門は月江に相槌を求めた。月江は肯いて顔をわずかに俯《うつむ》けた。そのことには触れたくないという様子だった。月江に構わず八右衛門は淡々と言葉を続けた。

「ある朝、気がつくとノラ公はいなくなっていたんです」

「いなくなった？」

「はい。影も形もありませんでした。ノラ公と一緒に納屋に入れてあった炭俵もなくなっていましたから、恐らく、その炭俵を盗んだ奴がノラ公を連れて行ったんでしょう」

「届けは出したのか？」

「とんでもありません」

八右衛門はかぶりを振った。

「岡っ引きが盗みに入られるなど洒落《しゃれ》にもなりません。炭俵一つのことですから大したことでもなく、そのままにしてしまいました」

「そうか。それでおゆた坊は泣いて犬が嫌やになったという訳か」

「いいえ。ゆたは泣きませんでした」

月江は顔を上げてきっぱりと言った。

「毎日、犬小屋を覗きに行くんですよ。もしや帰ってないかと思うんでしょうね。為後様、どうせならゆたにノラ公の亡骸《なきがら》を見せてやった方が諦めがついたのかも知れませんね？」

「そうだのう、死んだのかどうしたのか、さっぱりわからぬと来てはおゆた坊も涙の行きどころがねェ。そいつは殺された現場を見せられるよりむごいことかも知れぬの」

勘八郎の言葉に溜め息が混じった。

「犬小屋を覗いているゆたがあんまり不憫なものですから、わたくしはこの人に代わりの犬を貰って来るように頼んだのです」

「それこそ黒犬だったな？　ノラ公は白と茶の斑《ぶち》だったが」

八右衛門は思い出したように口を挟んだ。

「ええ。その黒犬がまた、馬鹿犬で……」

月江は情けなさそうな顔で言った。

「ひと晩中、キャンキャン鳴いてうるさいし、落ち着きがなくて仕舞いに後架《こうか》に嵌《は》まってしまったのですよ」

「これはこれは……」

勘八郎に笑いが込み上げたが、二人は真顔だった。

「わたしが水洗いしてやったんですが、ゆたはそんな糞だらけになった犬は嫌やだと言いまして、それで仕方なくもとの飼い主に返してしまいました。それからゆたは犬をほしいと言いません」

八右衛門は苦い薬でも飲んだ表情で言った。

勘八郎は犬が幼い子供に与える影響の大きさを思った。

「犬が嫌いというのはわかったが、猫にも何か仔細があるのかの？」

勘八郎は月江に続けて訊ねた。

「それは……」

月江はさらに表情を曇らせた。

八右衛門は「お話ししろ」と月江に言った。

「ゆたの実の母親が原因ですわ」

「母親が？」

「ええそうです」

月江は懐から手拭を出し、それを鼻先に押し当て、洟も出ていないのに、すっと短い息を吸った。火鉢の熱気が暑かった。

三

ゆたは月江と八右衛門の本当の子ではなかった。十年前、八右衛門が両国広小路で迷子になっていたゆたを保護したのだ。

近くの自身番に連れて行き、しばらく待って見たが親は名乗り出て来なかった。そのまま自身番に置いておくにはゆたは幼な過ぎた。少しの間、面倒を見るつもりで久松町に連れて帰った。

ゆたは三歳のその頃から肝の座ったところのある子供で、見ず知らずの家に来てもメソメソ泣いたりはしなかった。月江はひと目でゆたの虜《とりこ》になった。人を喰ったような物言いもおもしろく、月江と八右衛門はどれほど笑わされたかわからない。

親の名前もしっかり憶えていたが、何しろ口が回らないので「はんぺん」「おいぬ」としか言えなかった。はんぺんはどうやら半兵衛のことらしかったが、それだけではもちろん、ゆたの素性はわからない。おいぬというのも謎だった。

「お犬さんなんて名前があるのでしょうか？」

月江は八右衛門に訊ねた。八右衛門はお熊という名前は聞くので、お犬という名もあるかも知れないと応えた。

お犬がお絹であるとわかったのは、ゆたを預って五年も経ってからだった。ゆたの実の親が紅塵堂を訪ねて来たのだ。

突然の訪問に月江は自分でも驚くほどうろたえた。八右衛門もそれは同じだった。

ゆたの実の親は本所で油屋を営んでいた。五年前に店がいけなくなって、夜逃げ同様にお絹の実家がある大坂へ戻る途中でゆたが迷子になったのだと言った。

ゆたのことはずい分捜したが、それよりも掛け取りが自分達の姿を見つけるのではないかという恐れの方が先になった。ゆたの両親は泣く泣くゆたをそのまま置き去りにしてしまったのである。

大坂で一から出直し、以前ほどではないが店を構える用意ができると、両親は江戸に戻って来た。以前は須田町で店を出していたそうだ。今は本所の緑町に小さな店を構えていた。父親の半兵衛は天秤棒を担いで市中を歩いている。店の方はお絹が客の相手をして夫婦共に働いていた。

迷惑を掛けた問屋その他に借金を返し、ひと息つくと、思い出すのは、あの時置き去りにしてしまった娘のことばかり。

半兵衛は市中を歩きながら、それらしい娘はいないかと捜していた。ようやく、紅塵堂のゆたがその娘ではないかと突き留めたのだ。

ゆたの後には年子で二人の娘と、待望の男子も生まれている。ゆた一人ぐらい、いいではないかと考えるのは月江の勝手な言い分であったろう。情はすっかりゆたに移っていて、今更離されるのは身を切られるように辛かった。

八右衛門に懇々と諭されて月江はようやくゆたを手放したのである。ゆたは本名をうたと言った。うたという名の子は見知らぬ子。自分の娘はゆたなのだと月江は自分に言い聞かせたものだ。

本所に帰ってから、ゆたは時々紅塵堂に遊びに来た。

「久松町がやっぱりいいのだろう?」と月江が気を回したことを言うと、「緑町だって妹や弟がいるから賑やかでいいよ。ただね、お菜がまずくって閉口するだけだよ」と応えた。月江は慌てて「向こうさんは辛抱してお店を持ち直した家だから、そうそう贅沢はできないのよ。そんなことを言っては向こうのお母さんが悲しみますよ」と意見した。ゆたはまずい物はまずいと言って譲らなかった。そのことばかりでなくても、ゆたの恰好から本所の暮しがおよそ察せられた。

本所に帰る時に着せてやった小花模様の着物は、いつの間にかお絹の仕立て直しのような不粋な縞物に変わっていた。あの着物はどうしたのかと訊ねると、もったいないからと簞笥に仕舞われたと言った。

もったいないと言ったところで、今、着せなければ背丈が伸びてすぐに着られなくなる。下の娘にでも回すつもりだろうかと月江は妙に癪《しゃく》に障った。

ゆたは晩飯を食べると八右衛門が本所に送って行った。そんなことが何度かあった。来る度にゆたはみすぼらしくなっていた。

八右衛門も「あれじゃ、油屋のお嬢さんどころか下働きの女中だぜ。いや、この節、女中だってゆたよりはまともな恰好しているものだ」と月江にこぼした。

しかし、ゆたは本所の家の不満をさほど月江と八右衛門に洩らすことはなかった。ゆたはゆたなりに自分の居場所が紅塵堂ではないことを納得していたのだろう。

ゆたが病に倒れたことを月江と八右衛門はしばらく知らずにいた。姿が見えないことを案じてはいたが、こちらからどうしたどうしたと押し掛けるのは遠慮していたからだ。

紅塵堂の客が本所に用足しに行ってゆたの所を覗いた。様子を知らせると月江も八右衛門も喜ぶので、その客は時々そうしていた。

お絹はゆたが暑気当たりで床に臥《ふ》せっていると言った。なに、二、三日寝ていれば元通りになりますよと言って医者に見せた様子もなかった。

心配になったその客は紅塵堂に知らせて来たのだ。

八右衛門は仕事の途中であったが、それを聞くと奥歯を嚙み締め、ものも言わず本所に出かけて行った。

夜も更けた頃、八右衛門は駕籠《かご》でゆたを胸に抱えて戻って来た。

ゆたはひと回りも小さくなって見えた。青白い顔は蠟のようだった。八右衛門は眼を赤くしていた。

「この我儘娘が文句も言わず店の仕事をしていたんだ。この手を見ろ、この荒れた手を。おれは女中にしてくれと頼んだ覚えはない！」

八右衛門は男泣きに泣いた。後にも先にも月江が八右衛門の泣いた顔を見たのはその時だけであった。月江も涙をこぼしながらゆたの荒れた手を摩《さす》るばかりだった。

ゆたは紅塵堂に来てから高い熱を出した。

医者はゆたの病状を心の病であると見立てた。久松町から本所に移った環境の変化に加えて、例年にない真夏の暑さがゆたの小さな身体を弱らせたのだろうと。

八右衛門はゆた可愛さに本所で扱《こ》き使われたからだと言って譲らなかった。お絹と半兵衛が訪ねて来てもゆたに会わせもしなかった。

月江はゆたの両親が無闇にゆたを働かせたとはどうしても思えなかった。母親のお絹はきついところもあるが、ゆたと再会した時は本当に嬉しそうだった。いらない子供だったら江戸に来てからゆたを必死に捜すはずがない。まして女中代わりに使おうなどとは実の母親なら思う訳がない。

今の店は昔と違って大店《おおだな》とは呼べないし、使っている奉公人は小僧一人と女中だけである。

ゆたは長女なので弟妹の面倒を見るのは当たり前のことだ。ゆたはきょうだいのできた嬉しさに張り切り過ぎたのだろうと月江は思っていた。

十日ほどしてゆたの病状は落ち着いた。熱に浮かされていた時は意識も朦朧《もうろう》として、月江も八右衛門もずい分心配したものだ。江戸の暑さは相変わらず激しかったが、それでも峠は越えたようなところが感じられた。月江は喉ごしのいい心太《ところてん》や白玉をゆたの口に運んで介抱した。

「ゆた、あちらの暮しは辛かったのかえ?」

蒲団に起き上がれるようになったゆたに月江はさり気なく訊いた。ゆたは「ううん」と首を振った。

「でもお前は病気になってしまった。がんばり過ぎたんだね」

月江が言うと、ゆたはそうかも知れないと小さな声で呟いた。

汗を掻いたゆたの身体を拭いてやり、新しい寝間着に着替えさせるとゆたはさっぱりとしたようで、幾分具合もよさそうだった。

「ねえ、おっ母さん」

「何んだえ?」

「この中《じゅう》、ずっと暑かったねえ」

「本当に。おっ母さんは南国で育ったから暑さは平気な方だけど、今年ばかりはさすがに閉口したものですよ」

その年の夏は雨も少なく、地方では旱魃《かんばつ》の被害も出ていた。

「あの暑さの中じゃ、捨て猫はすぐにお陀仏になるよね？」

「そうね。餌を捕る才覚のない子猫ならそうなるでしょうね」

何を言い出すのやらと、月江はゆたの汚れ物を一つに纏めると、ゆたの顔を覗き込んだ。

まだ大きな眼は落ち窪んでいるような気がした。

「子猫のことより、自分が元気になる方が先ですよ。あんたがお陀仏になったら、おっ母さん、どうしていいかわからないもの」

「おっ母さんは、もしも真夏の最中に子猫が捨てられているのを見たらどうする？」

ゆたは子猫のことにこだわっていた。

「どうするって……」

月江は返答に困った。おっ母さんなら拾って面倒を見ますよ、とは言えなかった。ゆたがその言葉を期待しているような口ぶりだったので、月江はなおさら困った。よほど猫好きの人なら可哀想にと、連れて帰るのかも知れない。しかし、自分がそうするとは思えなかった。

「正直に答えておくれよ。子猫は三匹、木箱に入れられて川っ縁に捨てられていると思いなよ。憎らしいほどお天道様がギラギラしている日だ」

　ゆたは縋るような眼で月江を見ていた。

「その子猫、弱っているの？」

「一匹は虫の息。残りの二匹も力のない鳴き声だった」

「世話をしても生きる力があるかどうかってところね？」

　ゆたに試されているようで月江は肝が冷えていた。ゆたは「そうだよ」と応えた。

「それじゃ、拾って来てもしようがないから……それにおっ母さんはもともと犬や猫は好きな方じゃないから……」

「だから、どうするのさ」

「ごめんなさいねって謝って、そこを通り過ぎてしまうだろうね」

「…………」

「いけないかい？　おっ母さんは薄情な女だね？」

　月江は取り繕うように言った。嘘でも連れて帰ると言えばいいのだろう。だが、そんなお為《ため》ごかしはゆたには通用しないと思った。

「おっ母さんは子猫に触らない？」

「触りませんよ。触るくらいなら面倒を見る気持ちでそうするはずだもの。ゆた、何が訊きたいの？」

「……本所のおっ母さんね、箱ごと子猫を堀に蹴飛ばしたのさ」

月江はぐっと言葉に詰まった。暑さに弱った子猫は早晩、死ぬ運命にあったろう。苦しませるより、いっそひと思いに絶命させる方が子猫のためだ。お絹のしたことを月江は責めるつもりはなかった。しかし、それをゆたの目の前でしたことには感心できなかった。ゆたはまだ、ほんの傷つきやすい少女なのだから。

ゆたはお絹の中に、ある種の残酷な面を見てしまったのだ。それは迷子になった自分を置き去りにしたことと、どこかで符合したのではなかったか。

「お前、それを気に病んで、それで本当に病気になってしまったのかえ？」

「………」

「そうなんだろ？」

「よくわかんないよ」

ゆたはそう言ってくるりと顔を向こうに向けてしまった。かッと月江は頭に血が昇っていた。

「ゆた、もう本所に帰らなくていいからね。いいえ、おっ母さんが帰すものか。ずっとこの家で暮すんだよ。なに、お父っつぁんだってそのつもりさ。向こうのご両親にきっちり話をつけてくれるさ。何も心配することはないからね」

ゆたは何も応えなかったが、洟を啜る音は絶え間なく聞こえていた。

「もうそれからですよ。我儘のし放題、言いたい事の言い放題」

月江は苦笑しながら言った。眼には涙を滲ませていたが。

「安心して思いっ切り手足を伸ばしたってところだな。いいじゃねェか。おゆた坊は短い月日の内に世間ってものがわかったのよ。そいつはただの我儘じゃねェ。倖せを嚙み締めている我儘だ、おれはそう思うぜ」

「どうもわたし等は子供の躾《しつけ》がうまくやれない駄目な親で、お恥ずかしい限りです」

八右衛門はそう言って笑った。

「しかし、犬猫については気の毒だの。嫌やなことがなけりゃ、人並みに可愛がってやれたものを」

「そうなんですよ。お小夜お嬢様の所へ遊びに行きたいのは山々なんでございますが、為後様のお屋敷には……」

月江は口ごもった。

「猫のチョン助がいるからな」

チョン助は小夜が可愛がっている雄猫だった。

「まさか、こちらにお出かけ下さいとも申し上げられなくて」

「いや、迷惑でなければ寄せてもいいぞ。構わぬか？　あれもおゆた坊に負けぬほど口の立つ奴だぞ」

勘八郎がそう言うと月江の表情がぱっと輝いた。

「お嬢様とは年が近いせいで一度会った途端に馬が合ったようです。退屈になるとお嬢様のことばかり話します。よろしいのですか？　奥様に叱られませんか？　町家の娘とつき合って」

「なに構わぬ。小夜は町家の娘達の方が気軽だと言って、友達もほとんどが町家の娘ばかりだ。まあいずれ同心の女房になるのなら、町家の暮しを知っている方が小夜のためにもなると思っておるしの」

「それじゃ、お前様。どうでしょう、花火見物にお招きしては。ここから両国橋も近いことですし、お嬢様も喜びますでしょう。何んなら泊まっていただいて、ゆっくり遊んでいただきましょうか」

「おお、それがいい。わたしが花火見物にお連れしますよ」

八右衛門も弾んだ声で言った。

「かたじけない。帰ったらさっそく小夜に話すとしよう。飛び上がって喜ぶぞ」

三人は子煩悩な親の顔で笑い合った。

四

紅塵堂で長居をしたために、両国橋を渡ったのは昼近くになった。途中で蕎麦でも食べるかと勘八郎は八右衛門に言った。

「黒犬のことでちょいと気になることがあるんですが……」

陽射しのきつい道を歩きながら八右衛門は思い出したように口を開いた。

「何んだ？」

二人は冬木町の男を訪ねるつもりだった。

「岡部様の息子さんも黒犬の山を張っているんですが、それにしては以前から深川にお渡りになるのをよく見かけます」

またしても主馬のことが出て勘八郎は嫌やな気分になった。その名は聞きたくもなかった。

「主馬の目的は他に何かあるのか？」

「はい。申し上げていいものかどうか……」

「勿体をつけるな。話せ」

「主馬様が決まって顔を出すのは佐賀町の干鰯《ほしか》問屋なんですが、そこに二十歳の娘がおります」

「ほう」

その話は初耳だった。他の同心がどこを見廻るのか勘八郎はいちいち知っている訳ではない。奉行所内の詰所で報告されるのは、ごく事務的な事柄ばかりであった。岡部主馬も彼なりに黒犬の探索を続けているのだろうと思っていた。

「以前にわたしは主馬様から武家が町家の娘を妻に迎えるのは難しいものかと訊ねられたことがございます」

「何か？　すると主馬はその干鰯問屋の娘にその気があるという意味か？」

「はい。そうらしゅうございます。わたしの女房は町家の出でございますから主馬様は訊ねられたのでしょう」

月江は長崎の米問屋の娘だった。八右衛門がお見廻りで立ち寄っている内にお互いを意識するようになったのだ。一緒になるまでには幾つもの壁があったはずだが、それは二人ともあまり話したがらなかった。月江はほとんど生家と断絶する形で八右衛門の許《もと》へ飛び込んだらしい。

「それでお前は何んと答えたのだ？」

「はい。町家の娘は一旦、どこか武家の家の養女になり、そこから改めて武家同士の縁組として進めたらよろしいのでは、と申し上げました。わたしもそうでしたから」

「しかし、向こうは二十歳で主馬より年上ではないか」

「いつ頃から二人がそういう気持ちでいたのか定かにわかりませんが、お父上の岡部様は反対なさっておりましたし、娘の父親もあまり乗り気とは……ですが、その娘は他の縁談には見向きもせず、とうとう二十歳にもなってしまったという訳です」

「困ったものだのう」

勘八郎は懐手をして考え込んだ。主馬は二十歳の年上の娘を追い掛け、小夜はその主馬を追い掛けている。複雑な構図であった。

「この頃は主馬様のお務めが忙しくなって以前より深川に足を向けることは少なくなりましたが、それでも黒犬の事件が持ち上がると、それとなく様子を見に行かれるようです」

「娘は相変わらず主馬にほの字なのか？」

「そうらしいです。主馬様の方は少し落ち着いたご様子ですが。ちょいと気になるのは、その娘が飼っている犬が黒犬なんですよ」

「ええ？」

勘八郎は尻上りの声を上げた。

「さほど大きい犬じゃありませんが黒犬は黒犬です。もしかして、その娘は主馬様に逢いたいためにその犬をけしかけているのでは、と思いましたが、しかし、こそ泥のことはどう考えても合点が行きませんので、やはり違うのでは、と考えております」

「そうだの。干鰯問屋の娘がこそ泥をする訳がねェ」

「ごもっともで」

「その干鰯問屋、ちょいと覗いて見るか？」

「そうですね」


干鰯問屋「佐久間屋」は表通りのかなり目立つ店だった。日除《ひよ》け幕を張った店前には荷を積んだ大八車が停まっていた。その大八が出て行くと、別の大八が停まり、人足が莚《むしろ》で包んだ荷をまた積み上げていた。通りには鰹節《かつおぶし》と鰯《いわし》だしの入り混じったような匂いが漂っている。店の繁昌を物語る匂いだった。

主の佐久間庄兵衛は八右衛門と同じくらいの年齢だった。外歩きが多いらしく、その顔は陽に灼けていた。深川で一、二を争う店の主は商家の主というより、力仕事で鍛えた職人のような感じを勘八郎は受けた。庄兵衛は勘八郎と八右衛門を帳場のある店座敷に促し、冷えた麦湯を勧めた。

「ちょいと小耳に挟んだのだが、ここに二十歳の娘がいるそうだな」

勘八郎が訊ねると庄兵衛はいかつい顔をわずかにしかめた。彼は御《お》納戸《なんど》色の着物の上に店の屋号の入った藍染の半纏《はんてん》を羽織っていた。

荷を運ぶ奉公人も同じ半纏を羽織っていたが、奉公人の半纏は汗と埃で垢じみている。庄兵衛と何人かの番頭のものだけは下ろし立てのようにぱりっと新しかった。

「おりせのことでございますか？」

「ほう、おりせという名か？」

「旦那、もしや岡部様のことでお越しになったのでございますか？」

庄兵衛は勘八郎が何も言わない内に先にその話を持ち出していた。

「まあ、それもあるがの」

「あいすみません。娘は身分も考えず岡部様と添いたいなどと申しまして、手前どもも困っていたところでございます」

「是非にもそうしたいと言うなら、拙者も考えがないこともないが……」

「とんでもございません。娘はお役人の奥方など務まる訳もございません。あれはわたしが甘やかしたせいで、我儘で辛抱の足りない娘でございます。とてもとても」

へりくだった物言いをしていたが、庄兵衛には町方同心へなど娘はやれぬという口吻《こうふん》が感じられた。無理もないと勘八郎は思った。

三十俵二人扶持《ぶち》の同心では佐久間屋にいる時のような贅沢はできない。

「岡部様には遠回しに娘のことは諦めていただくよう申し上げて、それはわかっていただけたようでございますが、困ったことに……」

「娘が承知しないという訳だな？」

「おっしゃる通りでございます。身内の恥を申し上げて面目もございません」

「いやいや。拙者も娘が一人いるのでな、おぬしの気持ちはよくわかる。それで岡部は今でもこちらには時々現れるのか？」

「いえ、御用向き以外、この頃は滅多に。娘の顔を見たら未練になると思っていらっしゃるのでしょう。岡部様が町家の出でございましたら、これは一も二もなくわたしも賛成したいのですが。お若いのによくできたお方でございます」

「うむ。でき過ぎというくらいだ」

勘八郎がそう言うと、八右衛門はそっと勘八郎の羽織の袖を引いた。それ以上言うなという牽制であろう。勘八郎は八右衛門を振り返ってにッと笑った。

「ところで岡部の御用の向きとは例の黒犬のことか？」

「はい、はい。そうらしゅうございます」

「つかぬことを訊ねるが、おりせも黒犬を飼っているそうだな」

庄兵衛の顔がふっと蒼ざめた。

「旦那、うちの犬は人を噛むような犬ではございません。ご近所にお訊ねになればよくおわかりいただけます。娘が可愛がっておりまして、普段は裏の犬小屋に入れて縄で繋《つな》いでおります。縄を解くのは娘がついている時だけです」

「そうか。なに、案ずることはない。試しに訊ねて見ただけのことだ。主、来たついでに拙者もその犬、ちょいと眺めたいのだが」

「は、はい。こちらにどうぞ。店裏はお見苦しい所でございますが」

「いや構わぬ」

「クロは岡部様にも大層なついておりましたので、ご心配なさるようなことはないと思いますが、一つ、どうぞよろしくお願い致します」

庄兵衛は額の汗を手の甲で拭うと深々と頭を下げた。

店の裏はかなり広い敷地になっていた。佐久間屋の地所は堀のこちら側一帯で、向こうには町家の瓦屋根が並んでいた。敷地には台の上に莚を敷いて小鰯が天日に晒されていた。

同じような莚の台は五つ六つあった。納屋のような軒の低い小屋もあり、その前には空き樽《だる》が幾つも積み上げられている。魚臭さは店よりさらに濃厚だった。台所の通用口が近くにあり、釣瓶《つるべ》井戸の前で女中らしい女が青物を洗っていた。

「おまつ、クロはどこに行ったのだ?」

庄兵衛はその若い女中に訊いた。通用口の傍にある犬小屋にはクロの姿がなかった。

「お嬢さんが散歩にお連れになりました」

おまつと呼ばれた女中は立ち上がり、指の先から水を滴らせながら、どぎまぎした表情で応えた。

「しようがない奴だ。肝心な時に」

庄兵衛は舌打ちした。

「なに構わぬ。娘がついているなら安心だ。しかし、近頃は犬の噂で持ち切りなのでな、あらぬ疑いを掛けられても困るだろうから、しばらくは外へ出さぬ方がよいぞ」

「はい。承知致しました」

「うむ、それじゃ、行くか?」

勘八郎は八右衛門に顎をしゃくった。庄兵衛にようやくほっとした表情が戻っていた。

「どう思う?」

佐久間屋を出て、入船町の方へ向かいながら勘八郎は八右衛門に訊いた。

「佐久間屋の娘はまだ主馬様を諦め切れない様子ですね」

「うむ。主馬とて辛かろうの。初めての恋路か……」

勘八郎は顔に似合わない台詞を吐いた。八右衛門はふっと笑った。

「主馬様に同情なさいますか？」

「なに、これで奴も少しはものわかった男になれば色事とて無駄なことではないと思うだけじゃ」

「どうですかねえ」

貝殻混じりの深川の土は雪駄の裏に纏わりつくような気がした。勘八郎の心の内にも何かが纏わりついて離れなかった。女体からの呪縛は妻帯するまで解けないものだ。勘八郎もそうだった。日夜頭に浮かぶのは恋しい女の影ばかり。主馬はまさにその時の時を迎えていた。

勘八郎と八右衛門は口数少なく歩いていたが、とある露地の前を通り掛かった時、八右衛門は短く「あッ」と声を上げた。

「何んだ？」

「いえ、何んでもありません」

「犬でも見掛けたか？」

「……お嬢様によく似た娘を見たような気がしたもので」

「小夜が？　まさかこんな川向こうまでやって来ないだろう」

「そうだと思います。他人の空似でしょう」

二人はそのまま入船町の蕎麦屋に向かった。

陽射しが勘八郎の月代《さかやき》をじりじりと焦がしていた。勘八郎は笠《かさ》の用意がないことを悔やんでいた。

五

「小夜、着替えな。おっ母さんが小夜とおれにお揃いの浴衣《ゆかた》を拵えてくれたんだよ」

ゆたは半ば興奮気味だった。小夜と一緒に晩飯を食べ、川開きの花火見物に行き、枕を並べてひと晩過ごせることが、何日も前から楽しみで仕方がなかったのだ。

月江はゆたにせがまれて、二人分の揃いの浴衣を夜なべで拵えた。勘八郎が小夜につき添って紅塵堂を訪れると、ゆたはすぐさま小夜の手を取って二階に引っ張り上げた。

小夜は困ったような顔で勘八郎の顔を見ていた。せっかくだからそうしなさいと言うと小夜は素直に肯いた。小夜は雪江が用意してくれた藍色の浴衣を着ていて、それは小夜も気に入っているものだったが、ゆたに勧められては着替えない訳には行かなかった。

勘八郎も浴衣姿だった。八右衛門と一杯やってから花火見物につき合い、それから小夜を残して八丁堀に帰るつもりだった。

昼前には下男を紅塵堂に差し向けて、西瓜と日本橋にある老舗《しにせ》の菓子を届けさせた。雪江の配慮である。月江はその礼をくどいほど勘八郎に言った。

紅塵堂は店を閉めていたが、軒行灯《のきあんどん》は煌々《こうこう》と点《とも》っていて、店前の人通りも普段より多い。誰しも花火見物に浮かれている様子だった。

内所には月江の手作りの料理が並んでいた。

その中には珍しい長崎の料理もあった。

八右衛門はすぐさま勘八郎に銚子を差し出した。

「あまり御酒《ごしゅ》が進んでは花火見物に行けませんよ」

月江はやんわりと八右衛門を制した。

「こんな時に野暮を言うな」

八右衛門も普段とどこか違っていた。月江は前垂れは締めていたが、涼し気な友禅の単衣に着替えていて、いつもよりいっそう艶《なまめ》いて見える。

「お内儀、今日はまたひどく美人に見える」

勘八郎の口からすんなりと世辞が出た。

「もうお酔いになったのですか？　少し回りが早いようですわね」

月江は素麺も茹で、冷たいつゆを小鉢に注ぎながら勘八郎の言葉をやんわりとかわした。

「どうだ、おっ母さん。似合うかえ？」

ゆたが鼻の頭に罌粟粒《けしつぶ》のような汗を浮かべて月江に訊いた。小夜の着付けを苦労して手伝ったせいだろう。後ろで小夜が恥ずかしそうに身を縮めていた。

白地に朝顔の柄の入った浴衣はゆたには大層似合ったが、小夜には、お世辞にも似合うと言えなかった。雪江が用意した方がいいと勘八郎は思ったが、それは月江の手前、言えなかった。

「まあまあ双子のように可愛いこと」

月江は一向気にすることなく二人を膳の前に促した。ゆたは食べるより小夜とのお喋りに夢中であった。小夜はゆたの話に肯きながら控え目に白身魚の刺身や卵焼きを口に運んでいた。ゆたと比べると小夜がしとやかに見えるから勘八郎は不思議だった。

「小夜、いなごの奴、佐久間屋の娘を諦めたそうじゃないか。よかったね」

ゆたはずけずけとそんなことを言う。小夜は三人の大人の顔色を窺って居心地の悪いような表情になっていた。

「ゆた、そんな話はいいから、早く御飯をお上がり。花火見物の途中でお腹が空きますよ」

月江はゆたを窘《たしな》めた。

「どうせ八丁堀とお父っつぁんは飲んでいるんだ。さほど急ぐこともないよ。始まるには間があるし。ゆっくり食べよう。な、小夜」

小夜はゆたの言葉に殊勝に肯いている。どちらが年上か、これではわからない。

八右衛門は何気なくゆたに訊ねた。仕事の話はなしだと言い合ったくせに八右衛門はすぐにこれだ。そう思いながら勘八郎もゆたの返答を気にしていた。

「ゆた、お前、佐久間屋の娘を知っているのか？」

「おれは知らない。小夜は知ってる」

勘八郎はいつぞや佐久間屋を訪れた帰り、八右衛門が小夜らしい娘を見掛けたと言っていたのを思い出した。小夜はやはり主馬を追い掛けていたのかも知れない。自分の家にいたなら、はしたないと叱るところだが、月江と八右衛門の手前、それは堪《こら》えた。

「小夜、佐久間屋のおりせはどんな娘なのだ？」

勘八郎は小言を言う代わりにやんわりと訊いた。

「おきれいな方です。主馬さまがお好きになられるだけのことがあります」

そう応えた小夜は寂しそうだった。自分の器量に引け目を感じている様子であった。

「何がおきれいだよ。小夜、女は愛嬌があればいいんだよ。笑って見ねェ。小夜だってまんざら捨てたもんじゃないよ」

ゆたが小夜を慰めるように言った。

「小夜、おれがちょいと気になるのは、そのおりせが飼っている犬が例の黒犬と似ているということなんだが、お前はどう思う?」

小夜は眉を上げて勘八郎を見た。

「それはあたしも気にしていたんです。でも、あたしは犬が人を嚙むところを見た訳じゃないから何んとも言えないのよ、お父さま。あの犬は、おりせさんが一緒の時はおとなしいし、言うことはよく聞くし、頭のよい犬に思うのよ」

「犬畜生に頭のいいも悪いもないわ」

ゆたは素麵を啜り込んで頰を膨らまして言った。

「おゆたちゃんは犬が嫌いだからわからないのよ。犬でも頭のよいのと、そうでないのがいるのよ。それに弱い犬はよく吠えるの。本当に強い犬は滅多なことでは吠えないものよ。おりせさんの犬は……」

口ごもった小夜に勘八郎は「おい、どうした?」と訊ねた。小夜は天井の隅を睨んでから思い切って口を開いた。

「あたしがおりせさんに悋気《りんき》を起こしているからそんなふうに思うのかも知れないけど、あの犬はいざとなったら人を嚙むような気がするわ。眼が怖いもの」

「いざとなったらって、どんな時だ？」

「そうね。おりせさんにもしものことがあった時とか……おりせさんがあの犬にそうしろと命令したとしたら……」

勘八郎と八右衛門は顔を見合わせた。小夜はゆたと違って犬猫は平気だった。野良犬に出くわしても、やんわり追い払う術《すべ》を心得ていた。初めて会う犬でも小夜には尻尾を振っていることがある。犬は小夜が犬好きであることをそれとなく察するのだろう。

「しかし、黒犬が出没している時にこそ泥も出ているのだぞ。それをお前はどう思っているのだ？」

勘八郎は真顔になっていた。

「それはわからないけど、黒犬のことは結構噂になっているから、それを利用しようとする者だっていると思うわ。江戸は色んな人がいるから。犬に気を取られて四半刻ほど留守にしたら、手口を心得ているこそ泥なら訳もなくやってのけるのじゃないかしら」

「大したものです。お嬢様はさすが旦那の娘だ。話に筋が通っております」

八右衛門が感心した顔で言った。月江も同様に肯いた。

「おれだって、すっぽんの八の娘だわな」

ゆたは負けずに言った。

「お前は威勢がいいばかりで、からっきし意気地がないよ。少しはお嬢様を見倣《みなら》え」

「言ったな、しくじり同心！」

「これ、ゆた！」

月江が慌ててゆたに高い声を上げた。

勘八郎はゆたの言葉に噴き出していた。八右衛門の過去をそんなふうに気安く口にできる家庭を勘八郎はほほえましくも思った。

八右衛門の事情を知らない小夜だけが訳のわからないような表情をしていた。

大川の川開きは陰暦の五月の末である。この日を境に涼み舟も出て、花火売りも現れるが、所詮、その花火は客の自前。川開きの日の花火には遠く及ばない。梅雨明けの疫病を払うために打ち上げられる花火大会は、ずい分古い頃から江戸の名物となっていた。見物客を当て込んだ物売りも夏場だけは遅くまで店を開けていて、両国界隈の賑わいとなっていた。

勘八郎と八右衛門はほろりと酒の酔いが回った頃に二人の娘を伴って、薬研堀《やげんぼり》から両国広小路に出た。すでに両国橋には人の群れで隙間も見えなかった。

「迷子になるんじゃないぞ」

八右衛門はゆたに言った。

「迷子になっても久松町には帰れるわな」

ゆたは豪気に言った。

「お父っつぁんと旦那はそこの掛け茶屋にいるから飽きたら来なさい」

ゆたは小夜の手を引いて橋に向かって行った。頭の上で雷のような音が響いた。流星、玉簾《たますだれ》、玉屋の十八番が夜空に弾けた。

大川の川上が玉屋、川下が鍵屋の持ち場である。「鍵屋ァ、玉屋ァ」の褒め言葉が聞こえた。江戸の二大花火屋は川開きを最大の見せ場と心得ている。橋の下は屋形舟や屋根舟で埋め尽くされ、花火売りから買った花火もそちらからも間断なく打ち上げられる。

勘八郎と八右衛門は広小路の小屋掛けの茶店に入り、酒盛りの続きを始めた。長床几は勘八郎のような客で一杯であった。落ち着いた雰囲気ではなかったが、賑やかさもご愛嬌とばかり二人は銚子の数を知らず増やしていた。そこにいても花火は充分に眺められた。

半刻《はんとき》ほど経った頃だろうか。まだ終わりの時分でもないのに、橋の上の群衆が蜘蛛の子を散らすように一斉に広小路側に押し寄せて来た。何事かと二人は腰を浮かした。

誰かが「犬が出た」とわめく声が聞こえた。

勘八郎と八右衛門はすぐに娘達のことを頭に浮かべていた。花火はそんなことにはお構いなしに爆音を轟かせている。

尺玉が光った刹那、勘八郎は橋の中央付近で小夜の朝顔の浴衣を見たと思った。いや、それはゆたであったのだろうか。両国橋は傾斜のある橋である。中央がこんもりと高く見えるのだ。

「八！」

勘八郎は刀の柄《つか》に手を掛けて八右衛門を急《せ》かした。八右衛門は浴衣の袖をたくし上げ、これも帯の後ろに挟んでいた十手を手にした。

飯台の上に酒代を放り投げ、勘八郎は橋に向かって走った。人垣が橋際に二重三重にできている。それでいて橋の中央は穴があいたように閑散としていた。

「退《の》け、退け！」

勘八郎の甲走った声にも人垣はなかなか崩れなかった。

犬がいた。低く唸り声が聞こえる。小夜の後ろでゆたが震えているのがわかった。小夜は何んとか犬を宥《なだ》めようと穏やかな声でいなしていた。後ろのゆたにも何やら注意を与えている。恐らく慌てるなとか、騒いではいけないなどと言っていたのだろう。

娘を安心させるつもりで勘八郎が「小夜!」と声を掛けたのが間違いだった。ゆたはこちらを振り向き、勘八郎と八右衛門の顔を認めると思わず走った。黒犬が猛然とゆたに向かった。小夜が気丈に犬の前に立ちはだかると、犬は小夜に飛びついた。犬の爪を払ったつもりが、その拍子に下駄がかくんと滑って小夜は俯《うつぶ》せに倒れてしまった。群衆から悲鳴が上がった。倒れた小夜の臑が夜目にも白く剝き出された。興奮した犬はその臑にかぶりついた。

「おのれ!」

鯉口《こいぐち》を切って勘八郎が犬に向かおうとした一瞬早く、本所側の人垣から男が飛び出し、犬の背中に一刀を入れていた。犬は弓なりに空中に飛び上がり、鋭い断末魔の声を上げ、どさりと下に落ちた。両方の人垣から「おお」というどよめきが起きた。

「小夜さん、大丈夫でござるか?」

そう言って小夜に声を掛けたのは岡部主馬であった。

「主馬さま……」

小夜はようやく主馬の名を呼んだ。主馬は務め向きの恰好をしていた。見習い同心の彼は川開きの警護に出ていたのだ。同じ見習いの小杉玄之丞《げんのじょう》も傍に来て小夜の様子を窺っていた。

「岡部」

勘八郎は刀を納めると主馬に声を掛けた。

「これは為後殿。おお八右衛門も一緒であったか。八右衛門、橋番に知らせてくれ。小夜さんの傷の手当をせねばならぬ」

八右衛門は「承知致しました」と言って橋際にある橋番所に小走りに駆けて行った。

「あたしなら大丈夫です」

小夜は細い声で言った。ゆたはまだ震えていた。勘八郎の浴衣の袖をしっかり握って放さなかった。

「いや、悪い病を持った犬かも知れません。拙者、心得がありますので応急に手当を致します」

「かたじけない」

勘八郎は主馬に礼を言った。主馬は臆するところもなく小夜の身体をひょいと抱え上げた。小夜が驚きと恥ずかしさに頬を染めたのがわかった。勘八郎も一瞬驚いたが、そのまま黙っていた。

主馬が小夜を抱えて歩き出した時、後ろで鋭い女の声がした。

「クロ、クロ」

主馬が振り返って思わず固唾《かたず》を呑んだのが、勘八郎にはわかった。若い娘が倒れた犬にしがみついて身も世もなく泣きじゃくっていた。それは愛犬を亡くしたというより、人の気を引きたいという感じがあった。

主馬が小夜を抱えたので、どうにも堪まらず飛び出して来たのだろう。

「佐久間屋のおりせか？」

勘八郎は主馬に訊ねた。主馬は蒼ざめた顔で「はい」と応えた。勘八郎は小杉玄之丞に顎をしゃくった。玄之丞はおりせに近づき、その肩を叩いた。そして橋番所に同行するように言った。おりせは袖で涙を拭いながら立ち上がった。

戻って来た八右衛門に犬の始末を頼み、主馬を先頭におりせと玄之丞、勘八郎が橋を渡った。人垣から「気の毒に」と小夜に対する同情の声も聞こえたが、人々の興味の大半はおりせにあるようだった。おりせに向ける目は一様に冷ややかだった。無理もない。あの黒犬の持ち主がおりせであったことはまたたく間に拡まっていた。


主馬は小夜の鬟に唇を押し当て、何度も血を吸っては吐き捨てることを繰り返した。

「酒はないか？　焼酎ならもっといいが」

主馬がそう言うと年寄りの橋番は一瞬、気後れした表情を見せた。だがすぐに水屋の隅にあった酒徳利を持って来た。退屈な夜の無聊《ぶりよう》を慰めるための物だろう。もちろん、こんな時は勘八郎も目くじらを立てない。

「焼酎でごぜェます」

主馬は懐から手拭を出し、それに焼酎を浸して傷口を洗った。小夜はうッと呻いた。

「今少し辛抱なされ。毒が回ってからでは遅いのでな」

主馬は小夜の顔を覗き込んで優しく言った。

まるで妹に対するような感じであった。そう思っていなかったのはおりせ一人だけだったのだろう。

「クロは病持ちの犬ではありません！」

橋番所の狭い土間に座らせられていたおりせは甲高い声を上げた。主馬が小夜に優しくすればするほど、おりせの胸は錐《きり》でも突き立てられたように痛んでいたのかも知れない。

主馬は無言で傷口の消毒を済ませると手拭を細く裂き、小夜の臑に巻きつけた。

「為後殿、念のため、明日にでも小夜さんを医者に見せた方がよろしいでしょう」

「あいすまぬ。助かりました」

勘八郎が礼を言い終わらぬ内に主馬はおりせの襟許を掴み、その頬を二度三度と張った。止める隙を与えないほど主馬の剣幕は激しかった。小夜は短い悲鳴を上げた。ゆたはいい気味だとばかり、おりせを睨んでいる。ようやく玄之丞が主馬を羽交い締めする形で止めた。

「わしに恥を掻かせおって。これがお前の報復か？」

主馬は荒い息をしておりせを詰《なじ》った。自尊心の強い主馬はおりせのしたことでひどく傷ついていた。普段は勘八郎の甘い采配に反発することも度々あった。少なくとも自分の仕事については完璧を心掛けていたから、なおさらおりせにも自分にも腹が立ったのだろう。

「クロをけしかけて、こそ泥の真似までしたのか？」

「こそ泥なんてする訳がない。あんまりだ」

おりせは涙声でようやく応えた。

ぱたぱたと番所の外から足音が聞こえたかと思うと「ごめんなさいまし」と佐久間屋庄兵衛が汗だらけの顔で入って来た。

「お父っつぁん」

おりせは安心したように庄兵衛に縋りついた。

「舟で花火見物をするつもりが娘が見えませんで捜しておりましたところです。何んですか、うちのクロが人様を噛んだということで、近所の人が知らせて来ました。おりせ、どうしてこんなことをしてくれたのだ？」

庄兵衛はおりせに訊いたが、おりせは泣きじゃくったまま応えなかった。

「佐久間屋、おりせはクロをけしかけて世間を騒がしていたのだ。許さぬ。市中引き廻しの上、獄門じゃ。覚悟せよ」

主馬は庄兵衛に昂《たか》ぶった声を上げた。

「申し訳ございません。お詫びは何んとでも致しますので、どうぞそれだけは平にご勘弁を」

庄兵衛は土間に這いつくばるように頭を下げた。

「おりせがクロをけしかけたことで、いらぬ盗難事件も発生しているのだ。その責めも負わねばなるまい」

「これ岡部」

勘八郎はようやく口を開いた。

「おぬしが裁きをしてどうなる。ここはお白洲《しらす》ではないぞ。どうやらおりせは犬をけしかけただけで、こそ泥とは関係がないようだ。おぬしの気を引くために犬をけしかけたとは可愛いではないか。これほどおぬしに思いを掛けているとすれば、どうじゃ、おりせとの縁組、おれが面倒見るぞ」

勘八郎はやんわりと主馬を諭すように言った。

「拙者、おりせとのことはとうに諦めておりました。所詮、同心と町家の娘とは釣り合わぬ縁。冷静になって見ればそれがよくわかりました。まして、こんなことをしでかす女だとは思いも寄りませんでした。為後殿、拙者とおりせの事情は別にして本件の詮議を進めたいと考えまする」

「岡部、死人が出た訳ではない。少し落ち着け」

「しかし、小夜さんはこのように傷を負いました」

「小夜のことは気にせずともよい。のう小夜」

「はい。お父さま」

小夜がそう言うとおりせはきッと顔を上げた。

「その娘、主馬さまの跡をつけておりました。いやらしい。だからあたしは……」

「だ、黙れ！」

主馬は再び激昂《げっこう》した声をおりせに浴びせた。

小夜はおりせの言葉の毒に耐えられず、ゆたの胸に顔を埋めた。ゆたの頭にかッと血が昇ったらしい。

「やい、おりせ。何んだ手前ェは。犬をけしかけて小夜に怪我をさせたくせに、大きな口を叩くな。犬で騒ぎを起こしていなごが振り向くと思ったのか？　八百屋お七の真似はこの節、流行らねェんだよ」

八右衛門が慌ててゆたを制した。

「ゆた、お前は黙っていなさい」

しかし、ゆたは黙らなかった。

「いなごもいなごだ。おりせのお面のいいのに騙《だま》されて、おりせの犬が当の噛みつく犬だと見抜けなかったのか？　とんちき！　見習い同心が聞いて呆れる」

玄之丞がぷッと噴き出した。

「いなごとは拙者のことでござるか？」

主馬はきつい眼でゆたに訊いた。八右衛門がゆたに目配せを送っていたが間に合わなかった。八右衛門は蒼ざめた。

「申し訳ございません。とんだ娘でございますので、岡部様、どうぞご勘弁のほどを。ゆた、謝りなさい」

「嫌やだね」

「こいつッ」

拳を振り上げた八右衛門を勘八郎はいなした。

「小言は後にしろ」

勘八郎はそう言ってから岡部に向き直った。

「岡部、堪忍してやれ」

「しかし……」

「おりせもこれでよくわかっただろう。おぬしと添えぬことを。これで二人は終わりだ。ならば堪忍してやれ。それがおぬしの情けだ」

「為後殿……」

主馬の声が掠《かす》れて聞こえた。泣き声を洩らしたのはおりせではなく、小夜であった。

庄兵衛はおりせの肩を抱きながら「ありがとう存じます。ご恩は決して忘れません」と繰り返し呟いていた。

六

ゆたは八丁堀の勘八郎の組屋敷に来て、縁側に腰を掛け、所在なげに足をばたばたやりながら空を仰いでいる。

真夏の空は雲一つなく抜け上がったように青い。だから庇《ひさし》の影が地面に濃く感じられた。軒先の釣り忍《しのぶ》についた風鈴が時折、思い出したようにチリンと鳴ったが、風はそよとも吹いた様子はなかった。金魚売りから買った金魚が足許のたらいの中で泳いでいた。水草の緑と金魚の蜜柑《みかん》色が眼に快い。

「おゆたちゃん、ちょっと触ってごらんよ。チョン助はおとなしいから」

小夜がそう言ってもゆたは一向に小夜の愛猫に近づこうとはしなかった。二人はまたお揃いの浴衣を着ていた。小夜の臑には白い布が巻かれたままだった。傷はとうに癒えているのに小夜はその布を外そうとはしなかった。

主馬が触れたところだった。

川開きの日、とうとう紅塵堂に泊まることはできなかった。小夜は勘八郎と一緒に八丁堀に帰ってしまったのだ。

小夜もゆたも、その恨み言をくどくどと繰り返したので、雪江はゆたを八丁堀に呼んでくれた。その夜は本当に二人は枕を並べて眠ることができるのだった。

「その猫、金魚を狙っているよ。人が見ていないと悪さをするに決まっている。畜生だからな」

チョン助に怖気づきながらゆたはそんな憎まれ口を叩いた。

「そんなことないって」

小夜は灰色のチョン助の背中を摩りながらゆたに笑顔を向けていた。

「小夜、いなごに臑を吸われてぞめきが来ただろう？」

「…………」

「抱き上げて貰った気分はどうだった？」

「嫌やなおゆたちゃん。それどころじゃなかったわよ。それより主馬さまにいなごだなんて言って、驚いていらしたじゃないの」

「いなごはいなごだ」

ゆたは譲らない。

「可哀想だったわ、おりせさん」

「なに、あんな馬鹿女。小夜の方がよほどいい女だ」

「ありがと。そう言ってくれるのはおゆたちゃんだけよ。でもこそ泥は結局、見つからなかったわね？　下手人はいったい誰だったのかしら」

「ふん、北町（奉行所）は犬の見当もつけられない腑抜《ふぬ》けが揃っているから、こそ泥の方が一枚上手《うわて》だわな」

「悪いわよ、そんなこと言って。ねえ、ちょっとだけチョン助に触ってごらんなさいよ」

「嫌やだね、おれは犬猫は嫌いなんだ」

「もしもおゆたちゃんのご亭主が犬好きだったり、猫好きだったりしたらどうするの？」

「そんな男は亭主にしないよ」

「あらそう」

ゆたと小夜の他愛ない話を非番の勘八郎は茶の間で雪江と一緒に聞いていた。時々、含み笑いが出た。雪江は勘八郎の笑い声が洩れるのを気にして彼の肘を突いた。雪江はもう少し、二人の話を聞いていたいのだろう。

暑いけれど静かな昼下がりだった。金魚売りの間延びした声が時々聞こえるだけである。浴衣の前をはだけた恰好で勘八郎はころりと横になった。雪江が座蒲団を二つ折りにして彼の頭の下にあてがった。二人の娘の話し声がまるで子守唄のように聞こえ、とろりと眠気が差した。

だが、勘八郎の閉じた眼の裏側に蘇《よみがえ》ったのは、岡部主馬の細面だった。

あの夜、おりせは庄兵衛に引き摺られるようにして橋番所を出て行く時、激しく主馬を詰った。

「主馬の馬鹿、主馬の意気地なし！」

おりせの口から次々と罵倒の言葉が吐かれた。

主馬はその言葉に一つも応えることはなかった。俯いて唇を嚙み締め、頰の筋肉を震わせていただけだ。

「おなごを甘く見るなよ」

おりせが出て行ってから勘八郎は主馬にそう言った。

「為後殿」

ようやく顔を上げた主馬の眼は赤く潤んでいた。

「あなたの堪忍とはこういうことだったのですね」

「ん？」

勘八郎は怪訝な眼を主馬に向けた。何がこういうことなのか意味がわからなかった。

「拙者はあなたが堪忍する理由を誤解していたのかも知れませぬ」

主馬は低い声でそう言った。勘八郎にはそれほど大層らしい理屈はなかった。堪忍して、人が事件の後も大過なく生きて行けるのならばと思っているだけだ。

考えるほどのことはないと言おうとして勘八郎が口を開いた時、花火見物の最後を飾るように、立て続けに爆音が轟き、勘八郎は言うべき言葉を忘れた。

年寄りの橋番が、ようやく番所の戸を開けると、青黒い夜空にまばゆい光が弾けて番所の中にいた者の眼を射た。

「一夜千両でごぜェます」

橋番はそんな愛想を言って歯の抜けた口許でほっほと笑った。

魚棄《うおす》てる女

一

朝方は肩に喰い込むほど重かった天秤棒が嘘のように軽い。

しじみ売りの梅助の顔が思わずほころんだ。

前髪頭に紺の半纏、股引き姿。半纏の胸許から同じ紺色の腹掛けと、水天宮のお守りを下げている紐が見える。梅助の大人びた物言いと仕種は、まだ幼さの残る表情とそぐわない。そんなところが子供好きの大人の微笑を誘うのだろう。

春浅い三月。上野のお山や向島では桜の蕾も膨らむ頃だというのに、夕暮れの風はひんやりとして感じられた。仕事を終えた梅助には、その風がむしろ快かった。

梅助は朝早く魚河岸に行き、気の荒い大人に交じってしじみを仕入れる。季節によってははまぐりだの、あさりだのを仕入れることもあるが、しじみは酒毒に効くという言い伝えがあるせいで市中の人々にはおおむね、しじみの方が好評だった。安価でもあるからだろう。

しじみ売りは梅助のような子供の商いに思われているふうがあった。しじみ売りの少年は大抵は父親がいなくて、いても酒喰らいで、ろくに働きもしない役立たずだから、母親を少しでも助けようと健気《けなげ》に働くのだ。いや、健気だと言うのは世間様の口で、梅助も他のしじみ売りの少年も、さほど使命感に燃えてやっている訳ではなかった。

腹が空くのは死ぬほど辛い。僅《わず》かな売り上げでも米やお菜の足しになるのだった。

売り上げを差し出す時の、母親の喜ぶ顔は何にもまして嬉しかった。

梅助は今年十二になった。小網町の裏店に母親と弟、妹の四人で暮している。父親の辰蔵《たつぞう》は鳶《とび》職だった。五年前の大火の時に火傷を負い、それがもとで死んでいる。

辰蔵が世話になっていた鳶職の頭《かしら》は町火消しも引き受けていたので、辰蔵は火事となれば自分の家のことはさておいても火事場に駆けつけた。

気《き》っ風《ぷ》のよい男であったが少しおっちょこちょいで、命を落とすことになったのも、そのおっちょこちょいが原因だったと梅助の母親のおこうは今でも愚痴をこぼす。

だから梅助や下の弟妹達には「落ち着くんだよ」が、おこうの口癖だった。

しじみ売りは、まめな奴なら川と海の境目のような場所で水に浸かって獲《と》ってから売り歩く。

その方がもちろん仕入れは只《ただ》だから売り上げがそっくり懐に入る。特に江戸で極上と呼ばれるしじみは浅草の御蔵前《おくらまえ》で獲れる御蔵しじみであった。舟で米を御蔵に運ぶ時、僅かだが米粒が落ちる。こぼれた米を餌にするしじみはぷっくりと大粒に育った。日に五升とは獲れないが、価は普通のしじみの五倍になった。

梅助も最初はこの御蔵しじみで商売しようと考えた。しかし、おこうは、万一水に嵌まって溺れるようなことがあれば元も子もないと、魚河岸で仕入れることを梅助に勧めた。

それは案外利口なやり方であった。何より時間の節約になった。朝と夕方に市中を廻れば大抵は品物を捌《さば》くことができた。日中は友達と遊ぶ時間もできる。漁をしてからではとてもそんな暇はない。

裏店の女房連中は梅助の顔を見ると必ず買ってくれた。ちょいと身の上話をしようものなら尚更であった。

案外渋いのは金回りのよさそうな表店《おもてだな》の家だった。梅助はこの五年の間に朧気《おぼろげ》ながら世の中のことが少しはわかったような気がする。情にほだされて財布の紐を弛めるのは貧乏人で、それ故、貧乏人はいつまでも貧乏なのだと。

十五になったら鳶職の頭の所で修業をすることになっている。それまで梅助はせいぜい、しじみ売りを頑張ろうと考えていた。

小網町の思案橋まで来た時、梅助は武家のような若い娘が橋の中央からじっと水の流れを見つめているのに気づいた。

娘の手には細い縄に通した干物が下げられていた。そういう娘が干物をぶら下げていることが梅助の目を惹いたのだろう。

娘は裾に富貴綿《ふきわた》を入れた小紋の着物にふくれ織のような帯を胸高に締めている。艶々した黒髪は島田に結い上げられ、黄楊《つげ》の櫛《くし》と銀細工の簪がその髪に飾られていた。

娘の容貌も子供ながら梅助の気をそそった。

細面の顔に地蔵眉が筆で刷《は》いたように形がよく、なつめ型の眼は愁いを含んで何やらぞくぞくするような美しさだった。梅助は娘の姿にしばし見惚《みと》れた。

梅助は天秤棒から下げた桶の中に何もないのが残念に思われた。残っていれば「しじみはいらんか」と声を掛けることもできたからだ。きっとその娘は蓮の花が咲くようにふわりと笑って梅助のしじみを買ってくれたことだろう。

ぼうっと見つめる梅助の前で、しかしその娘は信じられないような行動を起こした。

何か意味不明な奇声を発したかと思うと、いきなり手に持っていた干物を掘割の中に投げ棄てたのだ。鰯《いわし》かかますか、定かにはわからない小ぶりの魚は口に藁縄《わらなわ》をくりつけられたまま、水にぷかぷか浮かびながら流れて行った。

（えい、もったいねェ）

梅助は胸の中で呟いた。何んてことをする娘だろうと思った。さっきまでの仄《ほの》かな思いは、まるで冷水を浴びせられたように冷めてしまった。

娘は魚の行方をしばらく見つめていたが、やがて踵《きびす》を返して橋を渡り、武家屋敷の一郭へと去って行った。娘は梅助が見ていたことには気がついていない様子だった。

二

八丁堀の与力同心が住む組屋敷に、梅助は三日に一度は訪れる。大抵は夕方で、晩飯の汁にしたり、翌朝の朝飯の用意に組屋敷の女中達はしじみを買ってくれた。

特に梅助を贔屓にしてくれたのは北町奉行所、定廻り同心の為後勘八郎の屋敷だった。酒喰らいの主のために、この屋敷では頻繁にしじみ汁を拵《こしら》えるのだ。娘の小夜も小粒のしじみの実を箸で丁寧に摘《つま》んで口に運ぶそうで、それも梅助には嬉しいことだった。

小夜は梅助を見ると、お八つの残りを分けてくれた。金平糖だの粟餅《あわもち》だの、羊羹《ようかん》の端っこだの。砂糖が白く粉を吹いたような羊羹の端っこは特に梅助の好物だった。

為後の屋敷には、いつも商売の最後に訪れた。梅助はそこで仕舞いだからと気前よく、おまけするのだ。おまけしても女中のお留は「それじゃ、気の毒だから」と言って、帰りの渡し舟の舟賃を一文つけてくれた。

八丁堀から茅場《かやば》町に出て鎧《よろい》の渡しで家に戻るのが梅助のいつもの道筋になっていた。

梅助が為後の屋敷を訪れた時、小夜は庭で花を摘んでいた。

「お嬢さん、梅ちゃんが来ましたよう」

お留の声に小夜はすぐ梅助の傍にやって来た。

真ん丸い顔はお世辞にも美人と言えないが、梅助は小夜の顔を見ると何んとなくほっとした。笑顔で一日の仕事を労《ねぎら》ってくれるのが嬉しくもあった。この頃は背丈が伸びてひどく大人っぽく見えた。小夜は梅助より三つ年上の十五であった。いつかお嬢さんの背丈より大きくなって見返してやるのだ、というのが梅助の当面の目標であった。

「お花摘みをなさっていたんですか？」

梅助は小夜の掌の中の水仙を見て言った。

「ええそう。きれいでしょう？　おっ母さんに少し持って行く？」

「それじゃあ、気の毒だ」

梅助が分別臭い顔で言ったので、もう小夜は笑っていた。

「遠慮しなくていいわよ。これ持ってお行きなさい。ええとそれから……」

小夜は台所に入ると戸棚から渋紙を取り出して水仙を包むと、塗りの皿に入れた金平糖も取り出して梅助の前に差し出した。

「梅ちゃん、ここにお座りなさい。今、お茶を淹《い》れてあげるわ」

小夜は台所の板の間の縁に梅助を促した。

「お嬢さん、お茶ならわたしが」

お留がしじみを笊《ざる》に移しながら慌てて言った。

「いいのよ。お留は手が塞《ふさ》がっているじゃない。お茶ぐらいあたしでもできるわ」

「申し訳ありません。出先で茶や菓子を振る舞われるのは為後様のお屋敷ぐらいです。本当においらは何んと言っていいか……」

梅助がそう言うと、小夜とお留は顔を見合わせて笑った。何がおかしいのか梅助にはさっぱりわからなかった。

「今日はどこを廻って来たの?」

梅助が口をすぼめて茶を飲む傍に、小夜も座って話し掛けた。

「朝方は神田へ行きまして、昼からは京橋と八丁堀で品物は捌けました」

「そう、よかったわね。ねえ、何かおもしろいことあった?」

小夜が梅助の顔を覗き込むように続けて訊いた。

小夜はいつも市中の情報を梅助から聞きたがった。どこそこで夫婦喧嘩があったとか、火事を見たとか、芝居役者を見掛けたとか。

「今日は別に……」

そう言い掛けて、梅助は思案橋から干物を投げ棄てた娘のことを思い出していた。

「そう言えば、一昨日《おとつい》、小網町の思案橋で妙な娘を見たんですよ」

小夜は梅助の目尻に湧き出た目脂《めやに》を指で拭うと「妙な娘さん？」と訊いた。小夜はいつも梅助の世話を焼きたがった。口許についた菓子の粉を取ってくれたり、乱れた襟許を直してくれたり。小夜は一人娘なので、きっと自分を弟のように思っているのだろう。だけど、あまり子供扱いされるのは閉口すると梅助は思っている。これでも自分の家では長男だった。言うことを聞かない弟と妹には小言も言っているのだ。

梅助は思案橋の娘のことを小夜に話した。

「お嬢さん、どう思います？」

「そうねえ……仔細がわからない内は謎ね。まさかお魚が好きじゃないからそんなことをするとも思えないし。ねえ、それは何刻《なんどき》ぐらいのでき事？」

「へい、ちょうど今時分でした」

「小網町は武家屋敷が多い所だから、どこかのお武家の娘さんとは思うけど、気になるわね」

「へい、おいらもそれを見た時は気になって、ひと晩中、眠られませんでした」

「よおし、梅ちゃん、引き続き思案橋の辺りを探ってね？」

「へい、合点！」

「お嬢さん、梅ちゃんに小者《こもの》の真似をさせてどうしようと言うのです？　奥様に叱られますよ」

お留は小夜が赤ん坊の頃から奉公している女中なので小夜には平気で小言を言うのだ。

「いいじゃないの、それぐらい。事件っていう訳じゃないんだし」

「それはそうですけど」

お留は不服そうに口を尖《とが》らせた。

「ちょっと気をつけて見て貰うだけよ。その娘さんがお魚を棄てる理由がわかれば、あたしも梅ちゃんもすっきりするのよ。ねえ？」

「へいそうです。おいらだって喰い物を粗末にする奴は許せませんから」

お留はやれやれという顔で梅助にしじみの代金を渡してくれた。梅助はお留と小夜に礼を言って組屋敷を出た。土産の花をおこうが喜んだのは言うまでもなかった。

おこうは呉服屋から仕立物の仕事を回して貰って、夜遅くまで針を運んでいる。蒲団に入って、梅助は針仕事をしている母親にも干物を投げ棄てていた娘のことを話した。小網町に屋敷のある武家の娘だった。名をお品《しな》と言った。おこうは松本様のお嬢様ではないかと言った。梅助が娘の人相を言うと、おこうは松本様のお嬢様ではないかと言った。

お品は以前には大名屋敷に女中奉公していたらしい。今は暇を取って自宅に戻っている。二年ほど前、おこうはお品の着物を何枚か縫ったことがあった。祝言が近いので、その仕度だと呉服屋の番頭から聞かされたという。

しかし、一向その様子がなかったのは何かの事情で祝言が駄目になったのだろう。おこうはお品が干物を投げ棄てたりするのは、祝言が駄目になったために癇癪《かんしゃく》を起こしているのだと梅助に言った。

そう言われてお品に同情する気持ちも少しは生まれたが、しかし、食べ物を粗末にするお品の行動には、相変わらず梅助は賛成できなかった。

三

少し寝坊して魚河岸に出かける時刻がいつもより遅くなった。

慌てて家を飛び出したので顔も洗わず、飯も喰っていなかった。おこうに「落ち着きな」と言われたけれど、それどころではなかった。

急いで魚河岸に駆けつけて、顔見知りの魚問屋の手代にしじみを頼んだ。遅かったので、いつもの半分しか残っていないとつれない返事。梅助は芯からがっかりした。前夜はお品のことでおこうと話し込み、夜遅くまで起きていたのがいけなかったようだ。おこうも明け方まで針を運んでいたので梅助を起こすことができなかったのだ。

桶に入れて貰ったしじみは情ないほど嵩《かさ》がなかった。

「餓鬼を苛めるのはよしねェな。そっちの樽に、まだしじみは残っているだろうが」

梅助の鼻を酒臭い息がむうっと覆った。

うッと呻いて掌で鼻を塞ぎ、声の方を向くと、継《つ》ぎの当たった焦《こ》げ茶《ちゃ》の着物に鼠色の袴《はかま》をつけた浪人ふうの男が立っていた。魚河岸にはふさわしくない男だった。月代《さかやき》も伸びて、腰に大小を差し込んでいるから、辛うじて武士とわかるものの、そうでなければ市中を徘徊《はいかい》する物貰いにも間違われようというものだった。声は存外に若かったが、無精髭で覆われた顔は定かに年齢の見当もつかなかった。

男の充血した眼には黄色い目脂がこびりついていた。

「ですが唐沢《からさわ》様、これは料理屋に納める分でして」

魚問屋の手代は一応は礼を尽くした物言いで男に応えた。

「なに、料理屋など構わぬ、しじみなどなくても他にいくらでも材料はあるわ。今日は時化《しけ》で品物が入らなかったと言えばよい」

「お侍さん、今日は時化どころか馬鹿陽気ですよ」

梅助は男の呑気な言葉に呆れて言った。

「うむ。それもそうだの。だが江戸は広いのだ。時化の所もないとは言えん」

男は渋味の利いた威厳のある口調で言った。言われて見ると、そんな気になるから不思議だった。

しかし魚問屋の手代は男の助言にもかかわらず、梅助にしじみを分けてはくれなかった。

梅助は仕方がないと諦めて、いつもより軽い天秤棒をひょいと担いだ。

「坊主、ちょいと待て」

男は歩き出そうとした梅助に声を掛けた。

「おれがしじみの代わりの物を分けてやろう」

「でも……」

「いいから、言う通りにしろ」

男は持って来た桶に鰺《あじ》やら鰯やらを入れて貰うと手代に代金を払い、桶を胸に抱えて梅助について来いと言った。初めて会った男なので梅助は少したためらった。だが、男の態度には有無を言わせぬものがあり、梅助は渋々、後について行った。

男は魚河岸からそう遠くない伊勢町の裏店に住んでいた。男の塒《ねぐら》の軒下には干した魚が簾《すだれ》のように下がっていた。猫に盗られないように、その上を細かい網で覆っている。

魚の表面は陽の光を浴びて銀色に輝いて見えた。

「遠慮しないで入れ」

男はそう言った。梅助は土間口に天秤棒を下ろすと寄りつきの板の間にそっと腰を下ろした。

「おれの造った干物を持って行け」

「でもお侍さん、それじゃあ、お侍さんの売り上げが少なくなります」

「只でくれるとは誰も言っておらん。干物を売って四分六で分けよう。四分はお前で六分はおれだ。勘定はできるな？」

「へい。十文なら、おいらが四文でお侍さんが六文ってことですね？」

「うむ。なかなか賢いのう。お前、一日中江戸を歩き廻っておるのか？」

「いえ、一日中という訳ではありませんよ。朝と夕方に廻るだけです。今日はちょいと寝坊してしまったので遅くなりましたが。なるべく朝の内に売ってしまうのがいいんですけど、なかなかそうも行かなくて。降ったり照ったり、お天道様のようなもんですよ、この商売」

こましゃくれた梅助の言葉に男はふっと笑った。汚い顔だがその眼は優しそうだった。

男は梅助の空いている桶に体裁よく笹の葉を敷き、鰯、かます、鯵などを並べてくれた。緑の笹の葉の上で銀色の干物はよく映えた。

それまで梅助が知っている干物とは格段の差があった。

「こいつァ、きっといい値で売れます」

梅助はお世辞でもなく言った。

「当たり前だ。おれの造った干物はうまいに決まっている。本所の在《ざい》からわざわざ買いに来る客もいるのだ。坊主、だが法外にふっ掛けるなよ。よそより安いぐらいでいいんだ。所詮、干物だからな。鰯は四文ってところだな。かますと鯵はもう少し高くてもいいだろう」

「助かります」

梅助はぺこりと頭を下げた。その拍子に腹の虫がぐうと鳴いた。男は一瞬、驚いたような顔をしたが、すぐに白い歯を見せた。

「腹が減っているのか？　汁と冷や飯ならあるぞ。おお、ついでに干物を一枚焼いてやるか」

男はそう言って、すぐに七厘《しちりん》を外に出して火を熾《おこ》し始めた。いいです、いいですと言っても男は「腹が減っては戦《いくさ》はできぬ」と、金網をのせてかますを焼き出した。すぐに香ばしい匂いが漂って来た。梅助は今にも涎《よだれ》が出そうだった。よく乾いたかますは、さほど焼かなくても中まで火が通った。

縁の欠けた皿にかますがのせられ、冷や飯と大根の汁が並べられると、梅助は遠慮を忘れてがつがつと食べた。極上の味だった。

男は梅助の様子を目を細めて眺めていた。

やがて男は仕入れたばかりの魚の処理に掛かった。桶の上に俎《まないた》をのせ、よく研いだ小出刃《こでば》で魚の内臓を取り出した。別の桶に水瓶から水を掬《すく》って入れると、その桶の中に捌いた魚を次々と放り込んだ。

梅助は飯を頬張りながら男の手許を見ていた。全部の魚の処理が済むと、男はさらに束子《たわし》を使って魚についている内臓の滓《かす》を丁寧に落とした。きれいになった魚は血糊一つついていなかった。

「やけに丁寧ですね。活《い》きが下がりませんか?」

梅助は三杯目の飯に箸をつけながら訊いた。

「なあに、塩水に浸けるから活きは下がらん。喰い物だからな、大事にしなければならぬのだ」

男はそう言って桶の水を新しくすると、流しの下に置いてある塩瓶からひと掴みの塩を握って桶の中に入れ、まんべんなく掻き回した。魚はその塩水の中に漬けられた。そのまま夜まで待って、それから外に干すのだそうだ。

最初から天日では魚の油が滲んでまずくなるという。干物造りに一家言ある男が梅助には興味深かった。

男はひと仕事終えると酒の入った徳利を引き寄せて湯呑に注いだ。かなりの酒好きのようだった。

「お侍さん、朝から飲むんですか？」

「おれか？　酒は水代わりのようなものよ」

「身体を壊しますよ」

「もう壊れておる」

男はそう言って薄く笑った。

「ご馳走様でした」

梅助はそう言って使った食器を流しに運んだ。そこに男の朝飯の食器もそのままにされていたので、梅助は気を利かして井戸で一緒に洗った。

梅助が戻って来た時は、男は狭い座敷に大の字になって眠っていた。

「お侍さん、ご馳走様でした」

梅助はもう一度言って天秤棒を担ぎ、男の塒を出た。何んだか物悲しい気分だった。男は梅助にはいい人に思えた。そのいい人が酒浸りの暮しをしていることが切なかった。

四

「まあ、よい干物だこと」

為後の屋敷に来て、梅助が干物を見せると女中のお留は感嘆の声を上げた。

「こんなにきれいな干物は見たことがありませんよ。おおきれいだ。きっと旦那様がお喜びになりますよ」

「お留さん、きれいなだけじゃないですよ。おいら味見させて貰いましたが、そりゃあうまいんですよ」

「そうでしょうね。梅ちゃん、それ全部置いてってね」

「え？　全部ですか、よろしいんですか？」

「旦那様はおいしいと、いつまでもあれはまだ残っていないかと催促されるんですよ」

「ありがとうございます。きっとお侍さんも喜びますよ。でも、これはおいらが仕入れた訳

じゃないから、さほどおまけはできませんけど、その代わり、しじみの方は大まけにします
よ」

「そお？　今度また、この干物が手に入ったら、きっと持って来てね？」

「へい、いの一番にお届けいたしますよ」

しじみの不足は男の干物で充分に賄えた。

梅助はすこぶる機嫌がよかった。

「梅ちゃん、その干物を造っている人ってお侍なの？」

小夜が梅助の桶の中を覗きながら訊いて来た。

「そうですよ。変わっていますよね？」

「浪人？」

「そうみたいです」

「ねえ、梅ちゃん、ピンと来ない？」

「何がですか？」

「にぶいわね。昨日、思案橋から干物を投げていた娘さんがいると教えてくれたじゃない。

その干物、娘さんが持っていた物と同じじゃないの？」

「どうですかねえ。お品さんの持っていたのが、この干物かどうかはわかりませんよ」

「そう、お品さんって言うの？」

「へい。小網町の武家屋敷の娘です。親は何んとかって藩に仕えているそうです」

「干物売りのお侍はどこでお店を出しているの？」

「お嬢さん、店なんてある訳ないですよ。きっと通りにでも品物を拡げて、道行く人に声を掛けているんでしょうよ」

「どこで？」

「さあ……」

小夜は首を傾げた梅助に不服そうに口を尖らせた。

「もう、気が利かないんだから」

「お嬢さん、怒らないで下さいよ。お侍さんとは今日、初めて会ったばかりなんですから」

「そのお侍の住まいはどこなの？」

「へい、伊勢町です」

梅助が応えると小夜は唇を噛み締めて天井を睨んだ。何か思案する時の小夜の癖だった。

「伊勢町と小網町の間で人通りの多い辻と言ったら幾つもないわね？」

「へい。自身番のある所と……照降町《てりふり》の辺りは賑やかですけれど」

「梅ちゃん、干物の売り上げ、届けるんでしょう？」

「へい、そのつもりですけれど」

「あたしもついて行っていい？」

「だけど……」

梅助は台所で忙しそうにしているお留の方を見て不安そうな表情をした。駄目だと言われるに決まっている。小夜は人差指を唇に押し当てた。

お留から干物としじみの代金を受け取ると梅助は「毎度ありがとうございます」と大きな声で言って台所を出た。

小夜が化粧《けわい》の物を買って来ると言う声が聞こえた。お留はぶつぶつ何か言っている。組屋敷を出た所で梅助は小夜を待った。

「お待たせ。行くわよ」

「へい」

小夜と梅助は鎧の渡し場に向かった。お嬢さんはまた背が伸びたようだと梅助はふと、思った。

小舟町の荒布《あらめ》橋の橋際で男は莚《むしろ》を拡げ、干物を売っていた。通り過ぎる客は干物に目を留めるとぽつりぽつりと買って行く。

それでも男の前の干物はさほど売れている様子はなかった。声高に呼び込みをしないせいだろう。男はただ座って、傍《かたわ》らの徳利を時々、口に運んでいるだけだった。

「酔っ払いじゃないの」

小夜が呆れた声になった。

「へい、かなりお酒は好きみたいです」

「お品さんとの関係はちょっと違うかも……」

「でしょう？　だからおいらも……」

露地に身を隠す形で小夜と梅助は男の様子を窺っていた。荒布橋は夕暮れの迫った時刻になると存外に人通りも多かった。だからおいらも違うと思ったんですよ、と言おうとした梅助を小夜が「シッ」と制した。照降町から歩いて来た娘が男の前で足を留めたからだ。

「あ、お嬢さん、お、お……」

お品と言おうとしたが、慌てていたので言葉に詰まった。

「黙って。わかっているわよ」

小夜は目敏く娘のやって来るのに気づいていたようだ。声を上げた梅助の口を掌で塞いだ。でかい掌だった。

娘はしばらく干物を物色するような様子を見せ、やがて何か一言二言、男に言った。男は黙って干物を差し出した。娘の顔は見ない。

娘は干物を受け取ると紙入れから金を取り出して莚の上に放った。いかにも投げやりな仕種だった。男は何も応えず横を向いたままだった。

「小粒（一分金）ですよ」

梅助がひそめた声で言った。一分金は干物の代金としては高額過ぎた。四分で一両になる。

娘は黙ったままの男をしばらく凝視すると、やがて何も言わず思案橋の方向に歩き出した。

「梅ちゃん、いよいよお品さんがお魚を投げ棄てるみたいね？」

「へい……」

梅助はお品の投げ棄てていた干物が男の物だったことに衝撃を受けていた。小夜は格別、意に介したふうもない。すぐにお品の跡をつけ始めた。梅助は男に売り上げを先に届けるか、後にするか迷った。迷ったけれど小夜を一人で歩かせる訳には行かないので、結局、すぐに小夜の後ろを追い掛けた。

お品はやはり思案橋の中央に来ると、しばらくは堀の水面をじっと見つめた。

「梅ちゃん、あたし何んだかどきどきして来たわ」

小夜が少し紅潮した顔で言った。

「おいらだって」

二人は橋から少し離れた物陰に身を寄せてお品が行動を起こすのを待ち構えていた。

「小夜さん、こんな所で何をなさっておられる？」

突然、二人の頭の上から男の声が覆《おお》い被《かぶ》さった。

「主馬さま」

振り向くと、見習い同心の岡部主馬が普段着の恰好で立っていた。

「もうすぐ暮六つの鐘が鳴るというのに」

主馬のその言い方には小夜を咎《とが》める響きがあった。

「ちょっと用事があって……」

小夜は途端にしどろもどろになった。ははん、と梅助は思った。どうやら小夜はこの若い同心に気があるようだった。主馬の顔は梅助も覚えていた。きつい取り調べをすることで評判になっていたからだ。

「お前は確か、しじみを売っている者だったな？」

「へい、さようです」

「しじみ売りが何用あって小夜さんを振り回したのだ」

「別においらは、お嬢さんを振り回した覚えはありません」

梅助は青くなって主馬に弁解した。

「さっさと帰れ。小夜さん、送って行きましょう」

主馬がそう言うと、小夜は殊勝に「はい」と肯いた。が、突然思い出したように思案橋を振り返った。お品の姿はなかった。慌てて掘割に眼を凝らすと、干物がぷかぷかと浮いているだけだった。主馬に話し掛けられたために、小夜はお品が干物を投げ棄てる決定的瞬間を見逃してしまったのだ。

小夜は大袈裟に溜め息をついた。

「梅ちゃん、また今度にしようね」

「へい……」

「じゃあね」

小夜はそう言って主馬と肩を並べて鎧の渡し場に戻って行った。どいつもこいつも女という奴は、と梅助は思った。主馬は歩きながら小夜に小言を言っている様子だった。小夜が嬉しそうに聞いているので尚更、梅助は腹が立った。

五

男は唐沢郁之助《いくのすけ》と言った。梅助は干物を分けて貰ったことがきっかけで郁之助に近づくようになった。

魚を捌くのは小出刃に限るというのが郁之助の持論だった。普通の出刃もあったが主に使うのは小出刃だった。鰯や鯵のような小魚はその方が扱い易いようだった。ものぐさな郁之助も商売道具の小出刃だけはよく研いだ。

砥石《といし》に水を掛け、刃の表を八十回、裏を四十回と数が決まっていた。

青光りした小出刃は美しかった。貧しい郁之助の所帯道具の中でその小出刃だけは人の目を惹いた。

お品が投げ棄てていた干物が郁之助の物だとわかってからも、梅助はお品と郁之助の仔細を訊ねることは遠慮していた。それは訊ねてはいけないことのように梅助は思っていた。

お品はそれからも時々、郁之助から干物を買い求め、相変わらず堀に投げ棄てているようだった。

かなりの年輩に見えていた郁之助は存外に若かった。まだ二十五だった。身を構わない生活をしていると、人はどんどん表情が荒《すさ》んで行くのだと知った。

おこうも郁之助の干物を褒めてくれた。今にも海に放したら泳ぎ出しそうだ、などと言った。梅助は自分が褒められているように嬉しかった。しかし、郁之助のことは「きっとお酒だね。お酒でしくじったんだよ」と言った。

しくじったとか、そんな言葉は母親から聞きたくなかった。ただいい人と言ってほしかった。子供の目には見えないことでも、おこうには見えるようだ。それが梅助には悲しかった。郁之助を慕い始めていたからだ。

それほど酔いが回っていない時、梅助は郁之助を湯屋に誘うようになった。干物の代金を届けた時などである。誰かに酒の気を抜くには湯に入るのがいいと聞いていたせいもあった。そうかそうかと郁之助は一緒に行ってくれた。郁之助の背中を流してやると喜んだ。肩幅が広く、男らしい身体つきをしていたが、酒のせいで肉はややたるんでいる。死んだ父親のことを梅助は思い出していた。辰蔵の背中と似ていた。

郁之助も辰蔵のように、はかなく死んでしまうのだろうかと思った。このまま毎日酒を飲み続けていれば、いずれそうなるだろう。

と言って、郁之助を諫《いさ》める方法を梅助は知らなかった。酒をやめさせることができて、どこかの藩に仕官《しかん》が叶えばいいと思った。しじみ売りだって侍の知り合いがいるのだと友達に自慢ができる。そうなったらどんなにいいだろう。

郁之助の背中を擦《こす》りながら梅助はお品の横顔を思い浮かべた。お品の祝言の相手はこの郁之助ではなかったのかと感じていた。

お品は郁之助を諦め切れないのだ。それでなくて郁之助の干物を買うはずがない。お品がせっかく買ったおいしい干物を堀に投げ棄てているのは郁之助に腹を立てているからだ。

郁之助の今のあり様が悔しいのだ。だからあんなことをするのだと思った。

湯屋から出ると額にぽつりと雨粒が当たった。夕暮れの空は普段なら、まだ白っぽい光を残しているのに急に暗みを増していた。

いつものように梅助が郁之助と一緒に湯屋に行った帰りだった。

郁之助の塒に小走りに戻って、しばらく雨宿りするつもりが、雨脚は激しくなる一方だった。小網町に帰るまでには、ずぶ濡れになってしまうだろう。初夏に入っているとは言え、湯上がりなので風邪も心配だった。梅助は喉が弱い。

「梅助、泊まって行け」

郁之助は煙抜きの窓から、ぼんやり雨を見つめていた梅助に言った。

「でも、おっ母さんが……」

おこうが心配しているだろうと思った。だが思い切って外に飛び出すには雨の勢いは激し過ぎた。

「おれの所に行くと言ったのだろう?」

「へい」

「湯に一緒に行くとも言ったのだろう?」

「へい」

「ならば、この雨だ。足留めを喰っていると思うさ」

「そうでしょうか」

「心配するな。女の子でもあるまいし。おっ母さんも、そろそろお前を一人前の男と認めねばならぬ。それだけの分別はお前にはもうついておる。よい機会だ」

郁之助は湯屋から戻ってから、珍しく酒には手を出さなかった。水瓶の水を喉を鳴らして飲むと、狭い座敷に薄い蒲団をはらりと敷いた。

下帯一つの裸になると郁之助は蒲団に横になった。

「おれは寝るぞ。どうするのだ?」

「へい……それじゃ、お言葉に甘えて泊まらせていただきます」

梅助も単衣を脱いで、腹掛け姿になって郁之助の隣りに横になった。郁之助はたった一つの枕を梅助に貸してくれ、自分は綿のはみ出た座蒲団を二つ折りにして頭にあてがった。行灯の灯りを消すと、座敷は闇に包まれたが雨の音は耳に響いていた。

「明日も雨かの」

郁之助は独り言のように呟いた。

「そうかも知れませんね。朝までにやむといいんですが」

「商売のことを気にしておるのか?」

「いいえ、雨や嵐は仕方がないので、それはいいんです。おっ母さんは天気の悪い日のことを考えて売り上げの中から、そんな日のために銭をよけていますから」

「梅助のおっ母さんはしっかり者だの」

「そんなの当たり前ですよ」

「そうか、当たり前か……」

「それより兄さんの商売の方が心配ですよ。雨じゃ魚が干せない」

「おれだってお天道様まかせの暮しだ。何んということもない」

話の合間に妙な沈黙が挟まれた。その沈黙が居心地悪くて梅助はすぐに喋りたくなった。

郁之助はふむふむと聞いていた。

「おいら、一つだけ兄さんに訊きたいことがあるんですが……」

お品のことだった。

「何んだ?」

「や、やっぱりまずいな。兄さんが怒りそうだ。いいです。何んでもありません」

「話せ。言い出してやめるのは気になる」

「何を訊いても怒りませんか?」

「ああ」

「本当に?」

「何んだ、もったいぶって」

「兄さんから時々、品物を買って行くお武家の娘さんのことですよ」

「………」

「兄さんとは訳ありなんですか?」

「知らん」

郁之助は明らかに気分を害したようだった。

「ほら、やっぱり怒った」

「客の顔など一々見てはいないのでな、どの娘なのか見当もつかん」

郁之助はとぼけて言った。

「小網町の松本様のお嬢さんで、お品さんという人ですよ」

「名前まで知っていたのか?」

闇の中で郁之助がこちらを向いた気配がした。わかっていたくせに、と梅助は鼻を鳴らした。

「あの人は兄さんに何か恨みでもあるんですか？」

「どうしてそう思う？」

「それはそのお……」

まさか干物を堀に投げ棄てているからとは言えなかった。それを知ったら郁之助はもうお品には売らないだろう。そうなったら郁之助の実入りはますます少なくなってしまう。

「ただ、何んとなくそんな気がして……」

ごまかすのに苦労した。

「お前、子供のくせに勘がいいんだな」

「へい。勘はいいと褒められます」

「手前ェで言ってりゃ世話はない」

郁之助は笑ったが、すぐに溜め息をついていた。

「いかにもあの人はおれを恨んでいるだろう。おれはあの人と祝言をすることになっていた。おれはそれを反故《ほご》にしてしまったのだ」

「どうしてです？　あんなきれえな人を」

「………」

「話して下さい……嫌やなら無理にとは言いませんけれど」

「今まで誰にも胸の内を明かしたことはないのでな、少しとまどっておるのだ」

「祝言をやめたことと、浪人になったことは関係があるんですか?」

「そうだな。大いにあるな」

「それじゃ、是非にも聞かせて下さい。おいら、兄さんのことがもっと知りたいんです」

梅助がそう言うと、郁之助は喉に絡まった痰《たん》を取り除くような咳払いをして「おれの実家も養子に入った家も、代々、水野様に仕える家系だった」と、いきなり本題に入った。雨は降りやまなかった。

六

唐沢郁之助の仕えた上総国《かずさのくに》、鶴牧藩の藩主、水野壱岐守《いきのかみ》は一万五千石の譜代大名だった。壱岐守は江戸城において大番頭《おおばんがしら》を経て、奏者番という重職を仰せつかっていた。

郁之助はその藩の右筆《ゆうひつ》の家に養子に入り、十八歳でお番入り（役職に就くこと）を果たした。すぐに江戸詰めを言い渡され、大名小路にある鶴牧藩の上屋敷の御長屋に住まい、日夜公務に励んでいた。

鶴牧藩は茶の湯、書画など風流を好む気風があって、江戸詰めの家臣は公務の合間に各々、自分の得意とする趣味に打ち込んでいた。

ある者は絵に、またある者は書に、茶の湯に音曲に、という具合である。後にこの藩から有名な浮世絵師も輩出している。

郁之助は仕事柄もあって書に関心を持っていた。

江戸では名高い書家に弟子入りして、ひたすら筆の修業に努めた。その一方で剣の稽古にも熱心であった。若い郁之助にとって何も彼《か》もが興味深く、毎日が充実していると思えていた。

ある意味で、この藩では役職の出世よりも趣味の才能に秀でた者が重く見られるという風潮さえあった。

お品は藩の家臣の娘で、十六の時に上屋敷に女中奉公に上がって来た。郁之助はひと目見た時からお品に惹かれ、お品もそれは同じ気持ちであったという。

お品との縁談はさほど障害もなく自然に進められる形で纏まった。個人の自由を尊重する藩の気風が、この時は若い二人に味方した。お品は琴と薙刀《なぎなた》に非凡な才能を見せ、加えて通り過ぎる男なら必ず振り向くほど美しい女性であった。郁之助はお品のことで朋輩からずいぶんからかわれたものだ。

郁之助が二十三の春に、藩は公儀から将軍家とゆかりのある寺の改築を仰せつかった。

改築は建物ばかりでなく、内部の調度品にまで及んでいたので、その掛かりは尋常ではなかった。総額二万両ほどの出費を余儀なくされることとなった。

財政の維持には、どこの藩も苦労していた。

鶴牧藩も江戸においては上屋敷、中屋敷、下屋敷を構え、それぞれに奉公する家臣の禄《ろく》はもとより、国許から参覲《さんきん》交代する際の道中の掛かりも並大抵ではない。加えて定期的に公儀から申し渡される寺社の普請、道路の整備などがあった。それ等はすべて藩の財政から捻出《ねんしゅつ》しなければならなかった。

そのために不足の金子《きんす》は利息が高いことを承知で江戸や大坂の大商人から借り受けるのである。

領地からの年貢が冷害などで予定通り集まらず、それに公儀の御用が重なれば、藩は一挙に財政破綻に追い込まれた。江戸詰めを解かれた藩主が国許に戻る途中で路銀が切れ、にっちもさっちも行かなくなった藩もあるという。

幸い、鶴牧藩は領地の年貢も例年通り納められ、江戸と京都の商人からの借り入れも目処《めど》がついた。右筆係の郁之助は、さっそく書類の作成に入った。この大仕事が完了した暁には晴れてお品との祝言が待っていた。

しかし、この時、一つの事件が持ち上がったのだ。

郁之助が作成して藩の勘定役に提出した書類の金額と商家に渡された書類との間に五十両ほどの誤差が発見されたのである。

二万両から見たら五十両は僅かな金額であるが、しかし、それを誰かが着服したとなれば大金である。

右筆係は郁之助の他に二人いた。その二人と郁之助は藩の目付役に呼ばれ詮議を受けた。郁之助には覚えのないことであった。しかし、書類の作成は筆の立つ郁之助がほとんど一人で引き受け、書き記したようなものだった。

商家に渡った書類は郁之助の筆跡と酷似していたが、本人が見れば違うことはわかった。墨の色も濃過ぎた。郁之助はそれを目付役に言ったが、二人の右筆係は郁之助の筆跡と主張した。

目付役はこの時、郁之助を疑ってはいなかった。郁之助の人柄は知っていた。いずれ調べを進めればわかることで心配することはないと目付役は郁之助に言った。郁之助はその言葉を信じていた。

五十両の行方はわからなかった。公儀の仕事が終わった後も依然としてわからなかった。

半年も経った頃から、藩内にはまことしやかな噂が流れ始めた。五十両は郁之助がお品との祝言に遣うつもりの金ではあるまいかと。

郁之助の養家には病弱な祖母と養母がいた。

この二人の薬代と医者の掛かりが相当な額に上っていたのは事実だった。養母はその身体のゆえに子を持つことができず、郁之助を養子に迎えたのである。

治療のために金目の物は売り払って、郁之助の禄を頼りに生活していたのだ。

その家に祝言がある。それ相当のこともしなければならない。誰しも郁之助の切羽詰まっての着服と思ったのである。

その頃から郁之助は酒の力を借りるようになったのである。酒の酔いが郁之助の不安定な気持ちを和らげてくれるような気がした。彼に向かって妙に丁寧過ぎる者がいたり、あからさまに侮蔑の表情をする者もいた。

郁之助は針の莚に座らされているような気持ちであった。酔いが回っている時だけ嫌やなことを忘れられるような気がしたのだ。

お品の実家である松本家でも郁之助との縁談を破談にしたい様子があった。それを必死で止めていたのはお品だった。お品だけが郁之助の潔白を信じていたのだ。

あれは江戸詰めの家臣が一年ぶりに国許へ帰る前夜のことであった。

鶴牧藩の上屋敷の御長屋では無礼講の酒宴が開かれた。誰しも家族が身近にいない孤独な日々を振り返って、泣いたり笑ったり、それは賑やかなものだった。その夜ばかりはどれほど騒いでも上からのお咎めはなかった。

郁之助はまだ国許に戻る沙汰は下りていなかったが、懇意にしていた同僚が帰ることになっていたので、その宴会の中にいた。

右筆係の一人であった馬場吉之助がしたたかに酔って郁之助の肩を叩いた。色々あったが自分は悪い噂など気にしないと言った。その言葉は郁之助には嬉しかった。

だが、吉之助は筆の腕がわざわいすることもあるのだから、今後はいい気にならぬ方がよかろうと、皮肉な物言いになった。

何が筆のわざわいであろうか。その言葉は聞き捨てならなかった。郁之助は吉之助にどういう意味かと詰め寄った。

おぬしの腕で筆頭右筆のごとき振る舞いは笑止千万、現におぬしの筆跡など易々と真似する者もいるのだと言った。

暗に例の商家に渡った借り入れ証文が改竄《かいざん》されたことを仄めかしていた。

仔細を話せと吉之助に言ったが、彼はのらりくらりと郁之助の質問をはぐらかした。

郁之助は刀を抜いて吉之助の首筋にあてがい、白状しろと怒鳴った。

小野派一刀流の郁之助の腕は藩内では知られていた。それは単なる脅《おど》しではなかった。

宴会の座は水を打ったように静まった。

郁之助が本気だと知ると吉之助は郁之助の書の師匠である男の名を言った。そしてそれを指図したのが藩の留守居役であったことも。

郁之助はそれを聞くと御長屋を飛び出し、上屋敷内にある留守居役の役宅に向かった。

郁之助の同僚が何人か郁之助の後を追ったが、役宅に着いた時は、郁之助の剣は留守居役の身体に斬りつけてしまっていた。目の前に倒れた留守居役を見て、郁之助は我に返った。事の重大さをようやく意識したのだ。

郁之助はそのまま藩から出奔《しゅっぽん》したのである。

干物造りは若狭《わかさ》地方を放浪している時に漁の手伝いをして、漁師から教えられたのである。道中手形は旅の途中で渡世人ふうの男から買って、そちらの苦労はなかった。

しかし、しばらくすると江戸の様子が気になった。とりわけ、お品のことが。郁之助は出奔してから約一年後に江戸に戻って来た。

藩の様子は江戸雇いの中間《ちゅうげん》からそれとなく聞いた。郁之助の家は閉門、当時の留守居役は改易《かいえき》、馬場吉之助と山田図書《ずしょ》の二人の右筆係は役職を下ろされていた。

微かな期待を持って郁之助はお品の屋敷を訪れた。お品の家に迷惑を掛けた詫びをするつもりだった。そして着服の疑いが晴れたとなれば、再び公務に就くことも可能ではあるまいかと思ったのである。

　お品の父親の松本半太夫《はんだゆう》は着服の一件は解決したが、留守居役を傷つけ（死んだと思っていたのだが、一命は取り止めていた）出奔した罪は重いと郁之助に言った。改めて仕官の望みは万に一つもないだろうとも言った。お品との縁談はその時にきっぱりと断られたのである。

　お品は路上で干物を売っている郁之助を見た時、もちろん、ひどく驚いていた。しかし、お互いに言葉を交わすことはなかった。今でもそうだ。お品が何を考えているのか郁之助にはわからない。同情して干物を買っているのだろうと思っている。

「世の中には運のいい奴と悪い奴がいますが、兄さんは後の方ですね」

　長い身の上話が済むと梅助はそんな感想をぽつりと洩らした。

「そうだの」

「兄さんのお偉いさんは、その五十両を何に遣ったんです？」

「ん？　まあ風流に遣ったんだろうな」

「へ、風流ってェのは銭の掛かるもんなんですね」

　梅助には理解できなかった。留守居役は密かに秘画蒐集《しゅうしゅう》の趣味があった。名高い絵師の限定版が出たので矢も盾もたまらなくなったのだ。留守居役は郁之助の師匠と二人の右筆係を巻き込んで事に及んだのだ。そこまでは郁之助も梅助には話さなかったが、そのことは半太夫から聞かされていた。

書の師匠は事件が発覚してから世間の評判を落とし、弟子もほとんどが離反したという。

ふとしたでき心がその後の思わぬ展開になることを郁之助は思い知った。梅助の母親の言ではないが、何事も落ち着いて行動すべきであったと思う。しかし、もう取り返しはつかなかった。

「でもお品さんは可哀想ですね。未だに嫁にも行かず独り身を通している様子ですよ」

「そうだのう……」

郁之助の言葉に溜め息が混じった。

「あの人もそろそろ二十歳になるか……おれのことに構わずさっさと嫁に行けばよいものを。利かん気な女での、言い出したら後へは引かぬのだ。おれはすぐに諦めてしまう方だが」

「強い女は弱い男が好きなんですよ」

「何言ってる」

胸の内を明かした郁之助は少し気が晴れたのだろうか。穏やかな寝息を立て始めた。

梅助は反対に目が冴えて眠られなかった。

子供心にもこのままではいけないと梅助は思った。どうにかしなければならない。郁之助とお品が幸福になる方法、もしもそんなものがあるとしたら是非にも見つけたいと梅助は思った。

父親譲りの義侠心《ぎきょうしん》が梅助の心に芽生えていた。

七

梅助は郁之助の暗い過去とは別に、彼と一緒に過ごす時間が理屈抜きで楽しかった。

しじみ売りを終えると郁之助が商売をしている場所に迎えに行き、後始末をして郁之助を塒に連れて帰った。

酔っ払いの世話は大変だろうと言う人もいたが、梅助は少しも気にならなかった。

郁之助は梅助の言うことならすぐに従ったからだ。夕陽に照らされて伊勢町の裏店に戻るつかの間、梅助は幸福というものを感じた。

神さんは粋《いき》だと思った。死んだ親父の代わりにこんな人にめぐり逢わせてくれたのだから。

郁之助の塒で梅助は自分の家のように振る舞うようになった。掃除もしたし、天気のよい日は蒲団も干した。煮しめたような下帯も洗ってやった。郁之助は「梅助はおれの嫁だ」と冗談を飛ばした。梅助はその冗談に、おいら、子供は産めませんよ、と切り返した。

その年の夏は郁之助とともに過ぎたと梅助は思っている。

小夜はあれから何度かお品を見張ったようだが、どういう訳かお品が干物を投げ棄てる現場には出くわさなかった。つまらない、と梅助に文句を言った。

小夜は郁之助とお品の事情を問い詰めたが、梅助はとうとう話さなかった。郁之助を庇《かば》う気持ちが強かったからだ。その内に小夜は、お品のことに興味を失い、以前のように岡部主馬の剣術の道場を覗きに行ったり、友達とのお喋りに夢中になっている様子だった。梅助が組屋敷を訪れるとお八つを分けてくれるのは変わらなかったが。

郁之助は魚の処理に使った桶や俎は洗いっぱなしで、そのまま商売に出かけていることが多い。梅助は無造作に置き去りにされている小出刃のことが気になっていたことはいたのだ。戸口は鍵など掛けたこともない。

ある夕方、塒に戻ってみると小出刃がなくなっていた。ずい分捜したけれど出て来なかった。誰かが留守の間に持ち出したのだろう。郁之助はいかにも残念そうだった。

わざわざ刃物屋に注文して造らせた品だった。柄には郁之助の「郁」の字を自分で彫って入れていた。梅助は堅い字は一向に不案内であったが、それでもその銘には、もと右筆を彷《ほう》彿《ふつ》させるものが感じられた。

小出刃に比べて郁之助の筆は安物だった。

梅助がそれを言うと「弘法、筆を選ばず」といかめしく応えた。なるほど毛先が駄目になった箒のような筆でも郁之助の手になると、まるでそれを感じさせなかった。

郁之助は梅助に平仮名を教えてくれた。いろはを全部覚えたら漢字を教えてくれると言った。

梅助は干物売りなどしなくても、手習いの師匠になればいいのにと思った。だが、書の師匠に欺《あざむ》かれた郁之助の心の痛みがまだ癒えていないようにも思えて、そのことは口にしなかった。

大きな出刃で魚を捌く郁之助はいかにもやり難そうだった。

「刃物屋に行って来るかなあ。物要りだのう」

郁之助は寂しそうに呟いていた。

八

郁之助は刃物屋に出向いて、そのまま帰って来なかった。土地の岡っ引きにしょっ引かれたのである。盗まれた小出刃は人殺しの道具に使われてしまったのだ。「郁」の銘を刻んでいたのが仇になった。

夕方に郁之助が莚を拡げている荒布橋の傍に行って見たが、郁之助の姿はなかった。早仕舞いを決め込んだのかと、そのまま伊勢町の裏店に向かうと、隣りに住む青物売りの女房が「大変だよ、梅ちゃん。唐沢さんが人殺しのかどで、しょっ引かれたんだよ」と言った。

郁之助の塒の前には人が集まって噂話をしていた。梅助はがんと頬を張られたような気持ちになった。どうしようと思う間もなく、小夜の真ん丸い顔が浮かんだ。小夜のお父上は堪忍旦那と評判の同心だった。きっといい知恵を授けてくれるはずだと思った。

梅助はすぐに八丁堀の組屋敷に向かった。

小夜はいたが父親の為後勘八郎はまだ奉行所から戻っていなかった。

言葉ももどかしく話す梅助を「落ち着いて、梅ちゃん」と小夜はいなした。落ち着いて話せる訳がなかった。喋る度に涙が溢れた。

「多分、そのお侍は茅場町《かやば》の大番屋に連れて行かれたと思うわ。お父さまが帰って来たら、すぐにそちらに向かわせるから、梅ちゃんは誰かお侍の身許を引き受けてくれそうな大人の人を捜さなければ……ほら、あの武家の娘さんはどうかしら。あの人ならお侍をよく知っているでしょう?」

「だけど……」

梅助は泣きながらも、お品がそんなことを引き受けてくれるとは思えないと言った。

「困ったわねえ……ああそうだ。梅ちゃんのお父っつぁんがお世話になっていた鳶職の頭はどう？　頭は町内のもめ事も引き受けてくれるでしょう？」

小夜の機転の利いた助言に梅助は肯くと、すぐさま頭の家に向かった。

「頭、頭、かしらァ」

梅助は土間口に入るなり怒鳴った。

「何んだ、梅。落ち着け」

「頭、助けて下さい。兄さんが人殺しでしょっ引かれたんだ」

意気込んで喋る梅助の話を年寄りの頭は悠長に煙管《きせる》を遣いながら聞いてくれた。

「よし、わかった」

煙管の雁首《がんくび》を火鉢の角でぽんと叩くと、頭はひょいと腰を上げた。その物腰は六十近いというのに軽ろやかだった。それでも梅助は頭が雪駄を突っ掛ける暇も惜しいように、早く、早くと急《せ》かした。

頭はお品を同行させた方が話が早いと、小夜と同じことを言った。お品の屋敷はおこうが知っていた。

やはり頭に頼んだのは正解だった。梅助だけだったら体よく下男に追い払われたことだろう。頭が如才なくお品に面会を請うと、下男は不審そうな表情をしていたが取り次いでくれた。お品は頭が郁之助の名を出すと、すぐに行くと言ってくれた。母親らしい人が止めていたようだが、お品はきっぱりと、参ります、と応えた。

三人はすぐさま大番屋に向かった。自棄《やけ》になった郁之助が、おれが殺《や》ったんだと簡単に罪を認めてしまうことを梅助は恐れていた。

今の郁之助なら、それは充分に考えられた。

お品は大番屋に着くまで一言も喋らなかった。唇を真一文字に引き結んだその表情は、梅助にはひどく怖かった。


郁之助は大番屋の土間に倒れていた。

「兄さん！」と縋《すが》りつこうとした梅助の手を中年の岡っ引きが払った。

「餓鬼はすっこんでろ！」

頭は梅助を自分の後ろに促した。座敷にはいつぞや小夜を送って行った岡部主馬が座っていた。主馬に指図された岡っ引きが郁之助を痛めつけていたのだ。郁之助は水揚げされた鮪《まぐろ》のように土間に横たわっている。何んとも哀れな姿であった。

「あなた達は浪人とは言え、武士に対して、このような狼藉《ろうぜき》を働くのですか？　無礼でありましょう」

それまで黙っていたお品が凛《りん》と響く声で言った。何か言い掛けた頭の口を封じる形にもなった。

「ですが、こいつは道端で商売している干物売りですぜ。それに人殺しの疑いが掛かっておりやす」

岡っ引きはお品の剣幕に怯《ひる》むことなく、抜け目のない表情で言った。その眼はお品の全身を嘗《な》め回すように動き、懐剣を差し込んでいる胸の膨らみのところで止まったように梅助には見えた。

「干物売りをしていようとも、その方はもと、水野壱岐守様に仕え、右筆役を務めていた方です。あなた達の十手は町家の取り締まりにあるもの。武士に向かってそれを振りかざすのは行き過ぎというものです。ただでは済みませんよ。わたくしの父も水野様の馬廻りを務めた者、父から町奉行の方へ連絡致します。よろしいのですね?」

「そいつァ……」

岡っ引きは少しだけ弱った表情を見せて、主馬を振り返った。

「お手前の名前を伺いたい」

主馬はお品に訊ねた。怯んだ様子は微塵《みじん》もなかった。

「松本品と申します」

「拙者、北町奉行所の岡部主馬でござる。唐沢郁之助はいかにも、もとは武家でござろうが、今は町人と同等の生活をしている者。取り締まりはご公儀の役人ではなく、町奉行の管轄になりまする。そこのところ、お間違いなく」

主馬は慇懃《いんぎん》にそう応えた。

「旦那、人殺しに使われた包丁は確かに唐沢さんの物なのですかい？」

ようやく頭の出番が回って来た。主馬はそうだ、と応えた。

「ですが、その包丁は十日ほど前に誰かに持って行かれたと、ここにいる梅助も言っているんですがね、そうだな、梅？」

「へい。留守をしている間になくなっていました。小出刃です。兄さんはそれがないと魚を捌くのに不自由なんです。普通の出刃で間に合わせようとしましたが、やっぱりうまく行かなくて、それで刃物屋に新しいのを誂《あつら》えに行ったんです」

「日本橋にある木村屋という質屋が押し込みに遭い、主と番頭が殺されたのだ。その現場に小出刃があったのだ。刃物屋は確かに唐沢という浪人の物だと言っていた。動かぬ証拠があるのだ。この者は押し込みの下手人なのだ」

主馬はきっぱりと言った。

「押し込みに遭った七《なな》つ屋は金も盗られたんですね？」

頭は主馬の気持ちを逆撫でしないように柔かい口調で訊ねた。

「うむ」

「お差し支えなければ、いかほどの金子なのか教えていただけやせんか？」

「ふむ。二十両ほどになるかの」

「そりゃあ大金だ」

頭は大袈裟に驚いて見せた。

「そんな大金をもしも唐沢さんが懐にしたとしたら、この人のことだ、干物売りなんざ、とっくにやめて金の続く限り飲み続けているでしょうよ。それで、その金は出て来たんですかい？」

「いいや、まだだ。どこかに隠していることも考えられるので、そいつを白状して貰おうと調べていたところだ」

「あなた達のお調べとは手荒に扱うことなのですか？」

お品の声がまた甲高く響いた。

「お品殿。御用向きのことには口を挟まないでいただきたい」

お品と主馬はいい勝負だと梅助は思った。

「もしも、その方が本当に押し込みを働いたとしたら、小出刃など使わずに剣を使うはずです。その方は小野派一刀流の遣い手です」

お品がそう言うと岡っ引きは鼻を鳴らした。

「お嬢さん、小野派だか木の葉だか知りませんがね、こいつの刀は竹光《たけみつ》なんですぜ。そんな物が役に立つと思いますか？　まあね、近頃は素町人のくせにお武家の真似をして幅を利かすふとどき者もいますから、こいつもその類でしょう」

「何んと無礼な。先刻から唐沢様は水野様に仕えたことがあると申しておりますのに」

「へい。こいつもそんな戯《ざ》れ事を洩らしておりやしたが、あっしは小網町の水野様の中間に唐沢という侍がいたことはあるかと訊ねやした。唐沢など見たことも聞いたこともないと言っておりやしたぜ」

「小網町にあるのは下屋敷です。上屋敷でお訊ねになって下さい」

「あいすみませんが、そんな手間暇を取るつもりはねェんですよ」

何をどう説明しても埒《らち》は明かなかった。梅助は悔しくて悔しくて涙がこぼれた。小夜がこんな非情な調べをさせる男に岡惚れしているのかと思うと、小夜までが憎く思われた。

小《こ》半刻《はんとき》も押し問答が続いただろうか。頭が今日のところはひとまず引き上げようと、梅助とお品を促した時だった。

表から「入るぞ」と声が聞こえ、戸障子を開けて為後勘八郎が伴の中間を連れて現れた。

梅助は思わず「旦那さん」と叫んだ。

「おお、しじみ屋か。小夜から話を聞いて、さっそく駆けつけて来たぞ」

容貌魁偉《かいい》な勘八郎が入って来て、梅助は地獄で仏に逢ったように心強い気持ちになった。

「弥《や》吉《きち》、ちょいと痛めつけ過ぎたようだな」

土間に大の字になっている郁之助を見て勘八郎は岡っ引きにそう言った。

「へい、申し訳ありやせん。なかなかしぶとい奴なもんで」

「為後殿、この事件の詮議は拙者にお任せいただきたい。いらぬ口出しは御免被《こうむ》りまする」

主馬がぴしゃりと先手を打った。

「ふむ、それもそうだが、質屋の押し込みの下手人は両国で捕まったぞ。すっぽんの八の手柄よ。先日来より木村屋を窺っていた怪しい男がいたのだ。八はその男を張っていて、茶屋で派手に金を遣う様子からピンと来て、しょっ引いたのよ。男は木村屋に押し入ったと自白した」

勘八郎は弥吉と呼ばれた岡っ引きに当てつけのように言った。すっぽんの八は与力、山形浪次郎つきの岡っ引きだった。弥吉とは格が違う。

「そいじゃ、こいつは下手人じゃなかったんで？」

弥吉は心細い声で訊いた。

「ああ、そうだ」

勘八郎はあっさりと言った。

「ほら、見ろ！」

思わず梅助は吠えた。「なんべんもなんべんも兄さんは違うと言ったのに。わからずや、おたんこなす！」

「この餓鬼！」

弥吉は拳を振り上げた。

「子供に乱暴するな。評判を落とすぞ」

勘八郎は弥吉を制した。

主馬は郁之助の嫌疑が晴れたと知ると、頭とお品に向き直り「無実のお方にご無礼いたしました」と丁寧に頭を下げた。

「事情がわかってこちらもほっと致しやした。それじゃ、旦那、もう唐沢さんを連れて帰ってよござんすね？」

頭は安心した表情で主馬にとも勘八郎にともつかずに訊いた。

「もちろんでござる」

主馬が応えた。勘八郎はすでに郁之助のことには興味がない様子で座敷に上がり、大番屋の書役から茶を淹れて貰っていた。

「梅、ほら、唐沢さんに手を貸してやれ」

頭がそう言ったので梅助は郁之助に近づき「兄さん、帰るよ、帰るよ」と腕を引っ張った。

郁之助は大儀そうな素振りで、なかなか立ち上がろうとしなかった。何も彼《か》もが面倒臭い、どうでもいいという様子に見えた。

「郁之助様、さっさとお立ちなされ」

お品も苛立った声で言った。郁之助は半身を起こしたが、何か口の中でぶつぶつ呟いて、しゃきっと立ち上がる気配を見せなかった。

頭は溜め息をついた。主馬も座敷に上がり、勘八郎と務め向きの話を始めていた。弥吉は、ふん、と鼻を鳴らし、散らかった土間の片付けに掛かった。

「お立ちなさいと申しておりますのに」

お品の声がぶるぶると怒りで震えている。

お品に言われて郁之助は意地になったのだろう。今度はだんまりを決め込んだ。

それを見てお品は大番屋の戸をがらりと開けると外に飛び出して行った。腹を立てて帰ってしまったのだろうかと梅助は思ったが、そうではなかった。お品は大番屋の横に積み上げられていた天水桶を持って、再び現れた。

天水桶をひょいと持つとは凄い力だった。

お品の肩は大きく上下に揺れていた。

「うめきちさん、おどきなさい」

「え？」

梅助が梅吉と呼ばれて面喰らう暇もなく、お品は天水桶の中味を郁之助にぶち撒《ま》けていた。

郁之助は見事にずぶ濡れになった。

大番屋にいた者は突然のことに呆気に取られてお品を見ていた。

「いい加減に目を覚したらどうなのです。嫌疑が晴れたから、それでよい訳ではないのですよ。あなたの、あなたの自堕落なその態度、その様子が町方の不浄役人にさえ軽ろんじて見られ、このような馬鹿な目に遭うのです。武士としての誇りがないのですか？　恥をお知りなさい！　身に降り掛かった火の粉なら、どうして敢然と振り払わないのですか？　あなたはいつもそう……いつも逃げてばかり。逃げた結果が今のあなたではないですか。少しは悔しさを感じたらどうなのです」

お品に不浄役人呼ばわりされ、勘八郎は月代をつるりと撫で上げ、きな臭い顔を拵えた。

主馬はお品をじっと見つめていた。

「お品殿、拙者には悔しさも誇りも、もはやござらん。拙者は世の中の落伍者でござる」

そう応えた郁之助は梅助の眼にも情けなく映った。しかし、郁之助にそんなことを言わせたお品を梅助は憎んだ。

「あんまりだ」

梅助は涙を滲ませた眼でお品を睨んだ。

「あんた女だろ？　女が大の男に恥を掻かせていいと思うのか？　そりゃあ兄さんは落ちぶれて今は干物売りなんぞしている。でれでれ酔っ払う。だけどその理由はあんたも充分に知っているはずじゃないか。兄さんが悪いんじゃないだろ？　兄さんを陥《おとしい》れた奴等が悪いんだろ？　身に降り掛かった火の粉を払え、だ？　阿呆抜かせ。おいらの親父はな、火事の手伝いに行って火の粉を浴びて死んじまったい！　簡単に言うない。あんたは自分の祝言の相手だった男が落ちぶれているのが恥ずかしいんだ。あんたが恥ずかしいんだ。干物を売ってどこが悪い？　悪いことをして暮している訳じゃないんだ。あんた、兄さんの干物、買うばかりで喰ったことがあるのかい？　そりゃあうまいんだぜ。江戸随一の味だぜ。ああそうか。あんたは喰ったことないよな？　皆、堀に棄てているからなッ！」

郁之助は顔を俯《うつむ》けたまま、身じろぎもしなかった。お品は喉の奥から嗚咽《おえつ》を洩らし、ついに袖で顔を覆って泣き出してしまった。

ようやく頭がまあまあと梅助とお品を宥《なだ》めに掛かった。

「為後の旦那、長生きはするもんですねえ。あっしはこの年になって餓鬼とお武家のお嬢さんの、それこそ目の覚めるような啖呵を初めて聞きやした」

頭は眼に涙を滲ませながら笑った。

「うむ。おれも初めてだ」

勘八郎はそう言うと、ゆっくり立ち上がり、郁之助の傍に行って濡れた肩を叩いた。

「唐沢殿、おぬしにはこのように親身に心配してくれる人がおる。倖せではござらぬか。これを機会に、おぬしも行く末、来し方をじっくり考えられるがよかろう。おぬしはまだ若い。自ら落伍者を気取ることもあるまい。おぬしの腕は何も干物造りだけに発揮されるのではなかろうと拙者も思うのでな」

郁之助は静かに肯いて「かたじけない」と応えた。

「拙者、少し考えがござる。いずれ改めておぬしに連絡をいたすゆえ、今日のところはお引き取り願おう。ご苦労でありました」

勘八郎がそう言うと郁之助はすぐに立ち上がった。梅助は勘八郎の貫禄に感動していた。

九

梅助は小夜に羊羹の端っこを振る舞われて茶を飲んだ。仕入れたしじみは思いの外、早く捌けた。梅助は夕方の仕事はしないつもりで、勘八郎のためのしじみを為後の屋敷に届けた。小夜が手習いから戻ったところだった。

昼前に来るのは珍しいなどと梅助に言った。

「今日はこれで仕舞いにしますから、旦那さんの分は取って置いたんです」

梅助は恩に着せるように言った。

「梅ちゃん、寂しい？」

小夜が梅助の顔色を窺いながら訊いた。

「んなことないですよ。おいら、酔っ払いの世話がなくなっただけで清々していますよ」

「無理しちゃって」

小夜が笑った。

勘八郎はあれから、郁之助のことを上司の山形浪次郎に相談した。山形も郁之助に同情を寄せ、何んとか道の立つ方法はないものかと考えた。

これまで幾度も浪人を仕官させた経験があった山形は、まず鶴牧藩の郁之助に対する処遇について、町奉行を通じて問い質《ただ》すことを申し入れた。

鶴牧藩は、いざという時のために南北両奉行に警護を依頼している。北町奉行直々に持ち込まれた話をないがしろにはしないだろうと山形は踏んだのである。

鶴牧藩は家老職の者が集まって、郁之助の処遇を再度検討した様子であった。その結果、郁之助に非を認める意見はくつがえされ、元の役職に復帰できる目処がついた。

勘八郎はその話を山形から聞くと、すぐさま郁之助に知らせに行った。

しかし、郁之助は意外にも首を振った。鶴牧藩に仕官するつもりはないという。

「たとえ、一生流浪に身をやつすことになろうとも、拙者、同僚や上司から受けた仕打ちを許すことはできませぬ」

郁之助はきっぱりと言った。

「まして、お奉行から申し入れがあって、掌を返すように仕官を認める藩そのものに、拙者は失望を感じまする。武士の意地とお笑い下され、為後殿。拙者はようやく武士の意地を取り戻すことができたのでござる。ご心配をお掛け申したが、拙者は、もう大丈夫でござる」

「しからば何んとする。おぬしのそれは武士の意地ではなく、から威張りというもの。お品殿のことも考えねばならぬというのに」

苦々しい表情になった勘八郎に郁之助は笑顔を向けた。

「為後殿、お品殿の親戚が下総国《しもうさのくに》で学問所の主幹に就《つ》いております。拙者、そこを手伝うことに決めました。少年達の手習いを見てやるので、寺子屋の師匠のような役回りでござるが」

「では下総国にお品殿と？」

勘八郎が訊ねると、郁之助は頰を染めて肯いた。

「これはこれは……」

勘八郎は相好を崩した。鶴牧藩の仕官のことは勘八郎が話すより先に、お品の父親から郁之助は聞いていた。郁之助はお品の父親にも仕官の意志のないことを告げた。それでは、この先どうするかという問題になって、娘を心配する母親が下総国の兄に手紙をしたためたのだ。その返事が、つい二、三日前に着いたばかりだった。

「手習いの師匠はおぬしにうってつけの仕事でござるな」

「は、さよう心得ております。無垢《むく》な少年達を、まっすぐに導くよう努力する所存であります。梅助のお蔭で、その自信ができました」

本当にその時の郁之助の顔は自信に溢れているように見えた。

「そのためには酒を控えねばの」

勘八郎は、言わずにはいられなかった。

「は、酒はきっぱりとやめまする」

「おぬし、全く酒をやめてしまうのか？」

勘八郎は途端に心配そうな顔になった。郁之助も居心地悪そうに空咳をした。

「そのお……少々ならば嗜《たしな》むかも知れませぬ」

郁之助はおずおずと言った。

「それがよい。絶対とか全くなどとは窮屈で敵《かな》わぬ。人間は少々ゆるみを持った方が生きやすいというものだ」

「それが堪忍旦那の奥義《おうぎ》でありますか?」

郁之助は悪戯《いたずら》っぽい表情で訊いた。どうやら堪忍旦那の噂は郁之助の耳にも届いていたようだ。

「これはこれは……」

勘八郎は照れ笑いして、うなじに手を置いていた。

「よかったわね、お品さんも郁之助さまも」

小夜は夢見るような目つきで梅助に言った。

「あんなおっかない女を女房にして、兄さんも先が思いやられますよ」

梅助は強気な物言いをやめなかった。

「でも、郁之助さまがいらっしゃらなくなって、おいしい干物が食べられないのが残念ね」

小夜がそう言うと梅助の表情が沈んだ。小夜は慌てて「郁之助さまが江戸にいらした時には、また干物を造っていただきましょうよ」と言った。

梅助は肯いたが、そんなことがこの先、本当にあるのかどうか心の中で訝しんでもいる。

別れの日、郁之助は手習いの道具を梅助に渡してくれた。新しい筆と新しい墨、小ぶりの硯《すずり》、それに郁之助の書いた手本だった。

再び逢う時までに上達しているようにと郁之助は言った。梅助は喉に塊《かたまり》ができたようになって、ろくに礼も言えなかった。

郁之助は梅助の痩せた身体をぎゅっと抱き締め「いつまでも息災で暮せ」と低く呟いた。その眼が赤く潤んでいたのは、もちろん、酒のせいではなかっただろう。

梅助は羊羹とお茶の礼を言って為後の屋敷を後にした。

鎧の渡しで、いつものように小網町に入ると、ふと伊勢町の裏店に足を向けた。

郁之助の塒はきれいさっぱりと片付いていた。

青物売りの女房は梅助に気づくと「急なことで、梅ちゃんも寂しくなったねえ」と言葉を掛けた。郁之助の七厘は、その女房が使っている。郁之助は僅かな所帯道具を近所の住人達に進呈したのだ。

空き家になった部屋は、がらんとしてだだっ広く見えた。それでも微かに郁之助の匂いがするような気がした。土間で魚を捌いたり、飯を炊いたり、汁を拵えたり、その合間に酒の徳利に手を伸ばし、ぐびりと啜った郁之助が容易に思い出された。

だが、それも時間とともに次第に朧《おぼ》ろになって行くのだろう。

半年ほどの郁之助と自分との日々が、どれほど幸福なものであったかを梅助は思い知らされていた。こんなふうにして人は大人になるのだろうか。大好きな人と出逢い、そして別れることで。

けれど、梅助はもう二度と郁之助のような男と出逢うことはないだろうとも思った。あんなふうに自分の弱さを惜し気もなく拡げて見せる男などいないだろう。自分は子供ながら、郁之助の脆《もろ》さ、弱さを受けとめていたのだと思う。

もはや手応えを失った梅助の心は空っぽで、ひどく頼りなかった。思い出せばすぐに滲む涙を拭って、梅助は郁之助の塒の油障子を開けて外に出た。

季節は秋を迎えていた。振り仰いだ真昼の空は鰯雲を浮かべている。郁之助は今頃どうしていることやら。

ふと、東の空に筆で刷《は》いたような白い月が出ているのに梅助は気づいた。それはいかにも頼りない半月だった。

夜は人の足許を照らす灯りにもなろうというのに、お天道様の近くで、まるでその月は役立たずだった。かつての郁之助のように。

「こんべらばあ！」

梅助はその半月に向かって悪態をついた。

そんなことで寂しさが癒される訳でもなかったのだが、梅助は自分の気持ちのやり場を他に知らなかった。

松風

一

臨時廻り同心、岡部主水の妻が病に臥《ふ》せっていることを、勘八郎の妻の雪江はふた月余りも知らずにいた。

冬の間は雪江も家に閉じ籠《こ》もりがちになり、外に出歩くことが少なかった。梅が咲き、桜の蕾がほころぶ季節になると、そろそろ親戚やら知人の家に出かけようという気にもなる。親しくしている知人の所で雪江は主水の妻のことを知ったのである。

雪江に主水の妻のことを知らせてくれたのは久松町の道具屋「紅塵堂《こうじんどう》」のお内儀の月江だった。きょうだいのように似通った名前のせいで雪江は月江に親しみを感じている。

八丁堀の中でも通りを隔てた隣り町に主水の組屋敷があった。同じ組屋敷内のことなら、箸が転んだことまですぐに耳に入るが、隣り組となると知らないことも多かった。勘八郎が他人のことをあれこれ話す男ではなかったから尚更である。

主水は雪江や勘八郎の父親とは古くからの知り合いであった。二人の父親はすでに鬼籍に入っていて、現役でお務めを続けているのは主水ぐらいのものだった。もっとも主水は父親達より十も年下であったのだが。

　主水の妻が病に臥せっているのに見舞いもしなかったでは義理が立たない。

　雪江は紅塵堂から戻ると、勘八郎を詰《なじ》った。勘八郎は、それではお前が見舞いに行って来いと、あっさりと言った。主水の妻の病をさほど重要には考えていないようだった。

　主水の妻のひさは、主水より八歳年下と雪江は聞いていた。主水が還暦を一つ二つ過ぎたと言っていたので、ひさは五十四にはなる。その年になると、いくら丈夫な人間でもあちこちに不調が出るものである。ましてひさは三十を過ぎてから息子の主馬を産んでいる。大層な難産で、一時はひさの生命も危ういと心配された。

　主馬を産んでから産後の肥立《ひだ》ちも思わしくなく、ひさはそれから度々床に就くことが多かった。だから勘八郎も改まっては雪江の耳に入れなかったのだろう。

　雪江は為後の家に嫁いでから岡部の家と親しく行き来することはなかった。一つには雪江があまり主水という人間を好きになれないというせいもある。

　雪江の父の藤谷修理大夫も、北町奉行所の同心を長く務めた男だった。

父親は客を迎えるのが好きな質《たち》で、自宅には始終、人が集まっていた。兄も同じように友人を家に寄せるのが好きだったので、家の中は父親の同僚やら部下やら、兄の友人達やらでいつも賑やかだった。

人が集まれば酒になった。酒や肴《さかな》の仕度はつましい家計を支える母親の民《たみ》にとっては、さぞかし大変なことだったろう。しかし民はそんな苦労はおくびにも出さず、むしろ父親の同僚や兄の友人達が気楽に飲み喰いし、愉快に談笑しているのを自分も楽しんでいるようだった。酔っ払いのあしらいにかけては、民は天才的だった。

酒の勢いで諍《いさか》いになりそうな時でも、民はさらりといなしてその場を収めてしまう。

自宅に頻繁に訪れていたのは、後に雪江の夫となった勘八郎だった。お袋殿、お袋殿と、まだ雪江との縁談が決まってもいないのに民に甘えていた。そんな勘八郎を民は特に可愛がっていた。

主水も勘八郎ほどではなかったが度々訪れて来る方だった。自分の家に客を呼ぶことは滅多になかったが、賑やかな藤谷の雰囲気を好んで訪れていた。

馳走になることがわかっていたから、客は時々は酒や珍しい到来物を携《たずさ》えて来た。勘八郎も民に手土産だけは忘れなかった。

それを当てにしている訳ではなかったが、意地の悪い見方をすれば、主水はほとんどから手で訪れていたと思う。些細《ささい》な理由をつけて、ほんのちょっと立ち寄ったという体裁をつけているように雪江には見えた。

日暮れともなると、父の所に務め向きのことで同僚や部下が現れる。兄の友人が現れる。親戚の誰彼が訪れる。するともう、黙っていても宴会の様を呈して来るのがわかった。

民は酒だけは切らさずに置いていた。民の自慢の漬物を、取りあえず丼に山盛りにして座敷に運ぶ。後は到来物の魚やら蒲鉾やらを時々に応じて出していた。雪江は台所にいて民を手伝った。酒の燗《かん》は、だから今でも雪江はうまい。頃合よく人肌に、寒い季節には幾分熱燗気味に。

客の賑わい出した座敷に遠慮して主水は暇乞《いとまご》いをする。民は必ず引き留めた。その言葉に安心して、酔いが回った主水は座の中心で主賓のように滔々《とうとう》と語っているという按配であった。

父や兄の所へ集まって来る者は体裁を繕わない連中ばかりだった。金がなければないように、その困り方を笑いに擦《す》り換えるようなところがあった。三十俵二人扶持の町方同心の暮しぶりは皆、似たようなものだった。

だが主水は違っていた。いや、違っているように見えた。着実に蓄財している様子だと主水のいない時に誰かが言っていた。そればかりでなく、主水の家は掛け軸、屏風《びょうぶ》に吟味した物を誂《あつら》え、畳もまめに表替えしていた。

特に庭の松の樹《き》は、主水が自慢するだけあって大名屋敷にも見劣りしないほど見事なものだった。

そういう家屋敷の掛かりがあるから、無駄な出費はことごとく抑えて暮していたのだろう。主水に育てられた主馬が見識高い青年に成長したのを、雪江はある意味で納得するようなところがあった。

二

須田町の水菓子屋に女中のお留をやって見舞いの品を整えると、雪江はよそゆきに着替え、岡部の組屋敷に向かった。

見舞いの品は枇杷《びわ》のひと籠である。薄い山吹色の粒の揃った枇杷はひさの好物でもあった。

岡部の家の玄関に入る前に、雪江は久しぶりに松の樹を見上げた。実に見事な松が天にも届くかと思えるほど大きく枝を拡げていた。

玄関前はその松の樹影で昼間でも仄暗い。

松の樹は雪江の子供の頃から堂々としていた。「松のお屋敷」と言えば、岡部の家を指していた。

樹齢百年。あるいはもっと古いのかも知れない。

那智黒《なちぐろ》の玉砂利を敷き詰めた中に青味を帯びた敷石が戸口まで続いている。雪江はその置き石の通りに進みながら、途中、離れの隠居所が改築されていることに気づいた。そう言えば先刻から小気味のいい大工の玄能《げんのう》の音が響いていた。ただ、その音は病に臥せっているひさにとっては辛いのではないかと、ふと思った。

「ごめん下さいませ」

雪江は玄関の引戸を開けて中に呼び掛けた。

家の中はしんとして人の気配も感じられなかった。主水と主馬が務めに出ていれば、昼間はひさと女中だけになる。下男は外に出ているのか姿も見えなかった。よく拭き込まれた式台は黒光りしている。控えの間の衝立《ついたて》は水墨画で、中国風の虎がかッと鋭い眼で雪江を睨んでいた。

年寄りの女中が出て来ると「為後と申します。奥様のお加減はいかがでございますか?」と雪江は訊ねた。

「はあ……」

女中のおすさは以前に一、二度会ったことがあるのに雪江の顔は憶えていない様子だった。

「これはつまらない物ですが奥様にどうぞ」

風呂敷を解いて枇杷を差し出すと、おすさは「少々お待ち下さいませ」と、枇杷を持って中に引っ込んだ。玄関先で用事を済ませようと思っていた雪江は、それからなかなか出て来ないおすさに苛立った。

ようやく戻って来たおすさは「雪江様でございますね。奥様がお会いしたいそうですので、どうぞお上がり下さいませ」と、にこりともせずに言った。岡部の家に仕えていると女中まで愛想がなくなるのかと雪江は胸の中で苦笑していた。

「いいえ、わたくしはお見舞いの品をお届けするだけのつもりで参りましたので、どうぞお構いなく。ご病気ではお疲れになりますから」

「今日の奥様はご気分がよろしいようです。お話など聞いて差し上げて下さいませ。奥様も喜びます」

おすさは相変わらず無表情なまま言った。

雪江は少し躇《ため ら》ったが、勘八郎が戻るまで時間もあったので言われるままに履物を脱いでいた。

家の中はどこもかしこも手入れが行き届き、通された客間の畳は表替えしたばかりのように青く清々しかった。雪江は自分の家の赤茶けて、けば立った畳と比較していた。今年の暮れまでに何んとしても畳の表替えをしなければと思った。

客間から改築中の隠居所が斜めの角度で見えた。

「まあ、雪江さん」

着替えに手間取ったのか、ひさはずい分雪江を待たせてから客間に現れた。

帯の下のはしょりが捩《よじ》れているのに雪江は目敏く気づいた。以前はそんな人ではなかったと雪江は思う。ひさの後ろ姿を見れば、着物の背縫いが襟から裾まで一本の線のようについていたものだ。身仕度に構わなくなったのも病のせいかと、雪江は寂しい気持ちでひさに頭を下げた。

ひさの艶を失った肌は青黒く、髪はすっかり白くなっていた。

「ご無沙汰致しておりました。ご病気とはつゆ知らず、お見舞いが遅れて申し訳ありません」

「いえいえ。結構な物を頂戴致しまして、こちらの方こそ恐縮ですよ。わたくしの病は毎度のことで、いちいちお見舞いをいただくのも気が引けるようなものです」

ひさはそう言って雪江の前に腰を下ろした。

瞬間、ひさから黴臭《かび》いものが感じられた。

長く簞笥に入れて置いた着物のせいか、それとも身体を病むひさから漂う肌の匂いだったのだろうか。

「皆さんお変わりなくお過ごしですか？」

ひさはおすさが運んで来た茶を勧めながら雪江に訊ねた。

「はい」

「小夜ちゃんは幾つにおなりです？」

「十六になりました」

「まあ、そんなにおなりですか」

「ええ。わたくしも年を取るはずですわね」

「そんなことはありませんよ。雪江さんは昔とちっとも変わっていらっしゃらない。いつまでもお若くておきれいで、羨ましいくらい」

「そう言って下さるのはおば様だけですわ」

雪江は茶碗の蓋《ふた》を外して茶をひと口啜った。

茶器は吟味された上等の品に思えた。その割には茶の葉はどこにでもある安物に思える。

後口が渋い。

「勘八郎さんが是非にも奥様に迎えたいと藤谷様の所へ日参したほどですもの、当たり前ですわね」

「昔のことを……」

雪江は面映い気持ちでひさに笑った。

「小夜ちゃん、十六におなりではそろそろですね？　どなたか心に思うお方はいらっしゃらないのかしら」

ひさが無邪気に訊いたので、雪江は冗談めかして「それがおば様」と、つっと膝を進めた。

「実は小夜は主馬さんに密かに思いを寄せているのですよ」

「まあ、主馬に」

困惑するかと思ったが、ひさは意外にも瞳を輝かせた。

「どちらも一人っ子なので、それは叶わぬことだと言っておりますのに、小夜は主馬さんの剣術の道場を覗きに行ったりしてますのよ。主馬さんがお若いのにお仕事熱心なところや、剣術にお強いのが気に入っている様子なのです」

「本当にねえ、為後様に跡継ぎがおありになったら、わたくしは是非にも小夜ちゃんにうちに来ていただきたい気持ちですよ」

「そんな。小夜がよくても主馬さんが承知致しませんよ。小夜はあの通りの跳ねっ返りですから」

「小夜ちゃんは明るくて、おもしろいことを言って、わたくしは大好きなのですよ。小夜ちゃんが主馬のお嫁さんだとしたら、わたくしはどんなに慰められるか……残念ですわ」

ひさの口調はお世辞とも思えなかった。さほど器量のよくない娘を雪江は案じていた。ひさにそう言われて、雪江も慰められたような気持ちになった。

「でもわたくし、主馬が嫁を迎えるまでこの身体が持つかどうか……」

ひさは俯いて溜め息をついて言った。

「大丈夫ですよ。こうしてお元気にお話ができるのですもの」

「そうでしょうか。もっとも岡部はわたくしが早く死ねばよいと思っているでしょうが」

「何をおっしゃいます。おじ様がそんなこと思われる訳がありませんでしょう」

雪江は少し激しい口調でひさを窘《たしな》めた。

「あれをご覧になって」

ひさは顔を上げると客間から見える隠居所を指差した。

「ご改築をなさっているのですね？　おじ様はそろそろ主馬さんに家督を譲られて隠居なさるのですか？」

雪江の問い掛けにひさは力なく首を振った。

「あそこは岡部が妾《めかけ》を住まわせるために手直ししているのです」

「………」

「わたくし、こんな身体でございますから岡部に夜のことも満足させることはできませんでした。岡部はそれが不満で五十を過ぎてから吉原通いをするようになったのです。あの年まで同心を続けておれば揚《あ》げ代を世話してくれる商家の一つや二つはあるのでしょう」

雪江は何んと応えてよいかわからなかった。

老夫婦の生々しい告白をされて、雪江の胸の動悸は高く打っていた。

「吉原の遊女屋の番頭新造を落籍《らくせき》するのだそうです。二十六だそうです」

「わたくしよりも若い……」

「そうですよ。主馬の方に似合いそうなほどですよ」

「おば様はそれで承知なさったのですか?」

「仕方がありませんでしょう。岡部がそうすると決めたことなら」

「主馬さんは何んと言っておられました?」

「主馬は何も申しません。あの子は昔から父親に逆らったことはないのです。ただ、岡部のいない時に、本当にそれでいいのかとわたくしに何度も確かめるように訊ねて来ましたけれど……」

「おば様のお辛い気持ちは察していられるのですね」

「雪江さん」

ひさは座り直して雪江を見つめた。

「わたくしにもしものことがございましたら、勘八郎さんにはくれぐれも主馬のことをよろしくとお伝え下さいね」

ひさは深々と頭を下げた。ひさは自分の余命を悟っているのだろうか。気掛かりなのはただ主馬のことだけのようであった。

雪江はひさの冷たい手を握り「縁起でもないことおっしゃらないで下さい。お元気を出して、主馬さんに奥様をお迎えになるまで頑張ってご病気を治して下さい」と励ました。

ひさは涙を滲ませ「ありがとう、雪江さん」と無理に拵《こしら》えた笑顔を見せていたが。

三

勘八郎がそば半こと、夜鳴き蕎麦屋の岡っ引き、半吉を伴って久松町の紅塵堂を訪れたのは四つ（午前十時）頃のことだった。

道具屋紅塵堂にふらりとお見廻りの途中で立ち寄るのは勘八郎の習慣のようなものだった。水茶屋代わりにしている勘八郎なのに、お内儀の月江はいつも愛想のよい笑顔で迎える。近頃は仏項面《ぶっちょうづら》の水茶屋の女も増えているご時世なので、月江の笑顔は勘八郎の気持ちを和ませた。半吉もそれは同じ気持ちだった。

暖簾を掻き分けて入って行くと、床几に客が座っていた。お店者《たなもの》ふうの初老の男だった。

男は勘八郎の姿を認めると、それを潮に立ち上がった。

「いやいや、お客人。拙者に構わずごゆるりとされるがよろしかろう」

勘八郎は月江が何か言う前に先に言葉を掛けた。

「いえ、ちょうどお話が済んだところでございます。わたしも他に用事がございますので、これで失礼させていただきます。ささ、旦那、どうぞお掛け下さい」

男は如才なくそう言って、今まで座っていた床几を空けて勘八郎に勧めた。年の割に若々しい声をしていた。身なりも小ざっぱりとしていた。どこかで見掛けた顔にも思えたが、すぐには心当たりを思いつかなかった。

「さようか、かたじけない」

「それではお内儀さん、どうぞよろしく」

「はい、確かにお預り致します」

月江はそう言って男に頭を下げた。

「あの男は誰だったかなあ」

男が出て行ってから勘八郎は独り言のように呟《つぶや》いた。

「日本橋で廻船問屋をなさっている桔梗屋《ききょうや》さんですよ」

月江は男に出していた湯呑を下げながら言った。半吉はとうに気づいていた様子で月江の言葉にコクンと肯いている。

「おお、そうだった。桔梗屋だった。ずい分年を取ったからわからなかった」

ずっと以前、押し込みの事件で関わったことのある店だった。それ以来、物騒なこともなく、桔梗屋は順調に店を繁昌させている様子だった。

勘八郎は床几に座り、半吉は店座敷の縁にちょんと腰を下ろした。

「半吉さん、ご商売の方はいかがです？」

月江は無口な半吉に愛想のよい笑顔で訊ねた。半吉は口の端を弛《ゆる》めた。

「へい。ぼちぼちってところです」

「お母様はお元気ですか？」

「へい。始終、腰が痛いの、肩が凝るのと言っておりやすが、口だけは達者ですよ」

「まあそうですか。お年寄りは身体が動かなくなると、その分、口数が多くなるようですわね。うちの人もこの頃はよく喋るようになりましたよ」

「そんな、八の親分とうちのお袋を一緒にしちゃ気の毒だ」

半吉の言葉に月江と勘八郎は同時に笑った。

月江の亭主の八右衛門は両国界隈を縄張にする岡っ引きだった。すっぽんの八の異名で小者内では知られていた。勘八郎が紅塵堂を訪れるのは、あながち暇潰しだけでもないのだ。

「ところで桔梗屋は何か用事でここまで来たのですか？」

勘八郎は先刻の月江とのやり取りが気になっていた。

「ええ。掛け軸の鑑定を頼まれました。何んでもお父様から譲られた品だそうです」

「ほう」

「うちの人がちょっと出てますのでお預りしたのですよ」

「相当に曰《いわ》くのある品かの？」

「はい。太閤秀吉様の書だそうです」

「それはそれは大したものだの。何かの、それは金に換算すれば相当の値がつくものか？」

「そうですわねえ。本物だとしたら百両からの値がつきましょうね」

月江はさほど興味のない様子であっさりと言った。すぐに茶の用意をしながら「でも、太閤様のお品は大抵は決まった方の所に引き取られておりますので、商家の方がお持ちになるというのはなかなか……」と暗に期待の持てないような口ぶりで言った。

「しかし、商家は商家でも桔梗屋となると別だろう」

「お金のある方は案外、贋作《がんさく》を掴まされる場合が多いのです。掛けの払いに窮した方が代々家に伝わる品だと言って、さも高価そうな品を置いて行くのです。それを鵜呑《うの》みにしておりますと、これが真っ赤な偽物で二束三文にもならないということが多いのですよ」

「そんなものかの」

「そんなものでございますよ、為後様。掘り出し物などそうそうはございません」

道具屋を長いこと続けている月江の言葉には説得力があった。掛け軸の入った桐の箱は、それだけを見ればいかにも高価そうだった。

しばらくすると、八右衛門が戻って来た。

勘八郎にひょいと頭を下げて半吉の隣りに腰を下ろした。紅塵堂に寄るので勘八郎は八右衛門が詰めている浜町の自身番に顔を出すことは少なかった。

「どうだ、何か変わったことはないか？」

気軽に訊ねたつもりだったが八右衛門は「ええ、ちょいと面倒なことが……」と真顔で応えた。勘八郎の顔にも、にわかに緊張が走った。

「本所の御米蔵に抜け荷の疑いがございます。昨年辺りから噂はあったのですが、どうもはっきりしたことはわかりませんでした。今年に入って、ぽつぽつと抜け荷された品物が市中に出廻っているようで米の相場が崩れております」

「おぬしは何か摑んでおるのか？」

「はい。どうも廻船問屋の相模《さがみ》屋と米問屋の越後屋がつるんでいるようなのです」

相模屋は日本橋の新堀町にある店で、越後屋は深川の佐賀町にあった。

「相模屋の船は御米蔵に荷を下ろす前に越後屋に荷を横流ししているらしいです。手口としてはどうということもないものですが、困ったことに二つの店の間に岡部様が入っておられて、そのお……抜け荷を見逃していらっしゃるふしが感じられます」

「主馬か？」

「いえ、お父上の方です」

解せない話であった。主水は手練《てだ》れの同心として数々の事件に関わって来た。北町奉行所の知恵者と呼ばれ、勘八郎も教えを請うことは多い。息子の主馬に家督を譲って引退する日も近いのに、この期《ご》に及んで、失態をしでかすとは思いも寄らなかった。

「どうしてそのようなことに」

勘八郎は溜め息をついて呟くように言った。

「金が必要になったのでございましょう」

八右衛門は苦渋の表情の勘八郎に対し、当然のように言った。

「金？　岡部殿はそれほど暮しに困っておられたのか？」

「いいえ。これも噂でございますが、岡部様は吉原の遊女を身請《みう》けするという話がございます。金はそのためのものではないかとわたしは思いましたが」

「そう言えば、あっしも岡部様が夜更けに戻られるのを何度かお見掛けしたことがありやす」

半吉がそっと口を挟んだ。

「うちの蕎麦を召し上がって、喜《き》の字《じ》屋（吉原の仕出し屋）の台の物は高いばかりで、さっぱり腹の足しにならぬとおっしゃっておりました。吉原通いはされていたご様子です」

「ふむ……」

勘八郎は懐手をして考え込んだ。雪江もそのようなことを言っていたのを思い出した。病身の妻に愛想を尽かして妾を家に入れるようなことを雪江は言っていた。その時は真面目に雪江の話を聞いていなかった。つまらない臆測だろうと思ったからだ。

それが事実とすれば大変なことである。市中を取り締まるべき立場の人間が悪事に加担しては奉行所の威信に関わる。

「八、おぬしはどうするつもりだ？」

「はい。わたしは山形様のお耳に入れて、判断を仰ぎたいと思いますが」

「それもそうだのう」

八右衛門は勘八郎の小者ではなく、与力、山形浪次郎つきの小者であった。

「しかし、事が事だけに山形様も頭を抱えられることだろう」

勘八郎は山形浪次郎の温顔を思い出して気の毒そうな顔で言った。

「そうですねえ……ああ、その前にわたしは日本橋の桔梗屋に行って、事情を聞いて参ります。あそこの主とはちょいと顔馴染《かおなじ》みになりました。相模屋のことも、同業者ならもっと詳しい事情を知っているかも知れません」

桔梗屋の名が出て、それまで黙っていた月江が口を開いた。

「お前様、さきほど桔梗屋さんがお見えになりましたよ。これを置いて行かれました」

月江は傍《かたわ》らの桐の箱に手を添えた。八右衛門が小さく舌打ちをしたのが勘八郎にはわかった。

「太閤秀吉様の書だそうではないか」

勘八郎がそう言うと「そんな馬鹿な」と八右衛門は吐き捨てた。

「見てもいないのにおぬしはわかるのか？」

「旦那も見ますか？」

「見せてくれるか」

勘八郎はぐっと身を乗り出した。八右衛門は箱の中から掛け軸を取り出すと、壁の釘に引っ掛けて拡げた。表装は錦《にしき》で、それだけを見ればいかにも高価そうだった。「平常心是善」という字が勘八郎でも読めた。

「やはりねえ……」

　八右衛門は顎を撫でながら呟いた。

「本物ではないのか？」

「はい。落款《らっかん》が違います。太閤様の物はこんな安っぽい落款ではありません。身の回りのお道具には、それはそれは贅《ぜい》を凝らす方でございます」

「おぬしは本物を見たことがあるのか？」

「はい。長崎にいた頃、太閤様に目を掛けられておりましたさる大名屋敷で、子孫の殿様に下され物を見せていただきました。同心の分際ではなかなかそんな機会はございませんが、わたしは骨董に興味がありましたので、当時仕えていたお奉行様が特にわたしを伴につかせてくれたのです。下され物は茶釜でございましたが目録がついておりました。非常に勢いのある字で、落款もこれまた紙からはみ出すほどに大きく立派なものでございました。平常心などと、書の文句としてもつまらない。あの方ならもっとけれんのある文章をお書きになるはずです」

　八右衛門の説明に勘八郎は大きく肯いた。

「桔梗屋さんは銀座の鳩居堂《きゅうきょどう》という掛け軸屋で一度見ていただいているんですよ。そこでも違うと言われたらしいんですがね。納得できなくてわたしの所に持ち込んだのでしょう。鳩居堂で駄目だと言われたら駄目に決まっているんですが」

八右衛門はつまらなそうに言った。

「ただ、これを戻す時、何んと言って慰めたらいいのか、わたしはそちらの方が気が重いのですよ」

「父親の形見だからなあ」

「そうなのです。実の父親が明らかな偽物を息子に渡すはずがないと桔梗屋さんは思っておりますから」

「よし、桔梗屋にはおれも一緒に行こう。桔梗屋が父親から掛け軸を渡された経緯を聞けば、慰めの文句の一つも浮かぶかも知れぬ」

「ありがとうございます。わたしも助かります」

八右衛門に安堵の表情が見えた。

「ただいまあ」

戸口から元気のよい声が聞こえた。八右衛門の娘のゆただった。後ろに小僧の今朝松が金魚のふんのようにくっついていた。ゆたは勘八郎と半吉にぺこりと頭を下げた。

月江は今朝松を待ち兼ねていたように風呂敷を渡し、小間物問屋に用事を言いつけた。今朝松も行儀よく勘八郎と半吉に挨拶をしてから店を出て行った。

ゆたは店座敷に上がると、拡げられている掛け軸を眺め「下らねェ掛け軸だの。八丁堀が持ち込んだのか？」と生意気な口を叩いた。

「これ、ゆた」

月江は勘八郎に頭を下げると、掛け軸をくるくると丸めて箱に仕舞った。

「平常心などと、寺の坊主でも考えそうな文句だ」

ゆたは月江の隣りに座って言った。

「ほう、おゆた坊は堅い字が読めるのか？」

勘八郎は感心してゆたに訊ねた。

「手習いしているからな」

ゆたは得意そうに小鼻を膨らまして応えた。

「しかし、その掛け軸は太閤秀吉様の物と言われておるのだぞ」

「何が太閤だよ。太閤が平常心な訳があるもんか」

そう言われて周りの大人達はそれもそうだと甲高い声で笑った。ゆたの説明が一番納得できるかも知れない。

「それはそうと八丁堀。い、いなごの親父は存外に助平爺ィだの」

ゆたは金平糖を口に放り込んで言った。いなごとは主馬のことを指していた。ゆたの口調は生意気だが、ぱっちりした眼やちょんと上向いた鼻、可愛らしい容貌が他人にはその口調を不快に思わせない。しかし八右衛門は勘八郎と半吉の手前「何んだ、その物言いは」と低い声で叱った。

「妾を家に入れるんだとさ。小夜はいなごが可哀想だと泣いていたわ」

ゆたは怯《ひる》まず言葉を続けた。

「小夜はその話、知っていたのか？」

勘八郎は驚いてゆたに訊いた。

「屋敷、手直ししているのはそのためだと。あの年で女にとち狂って、おおいやらしい。おれの親父だったら家から追い出してやるわ」

ゆたは豪気に言い放った。

「全くこれですからねえ、いつまで経《た》っても」

八右衛門は情けない顔で勘八郎に笑った。

「おゆた坊、小夜は他に何か言っていなかったか？」

「何かって？」

「いなごの親父が妾を家に入れることについてだ」

勘八郎もゆたの前では同じ調子になって来る。小夜の観察眼によって何か手がかりを得ることは今までもあった。

「うん、たかが同心のくせに、そんな余分な銭があるものだろうかと不思議そうにしていた。おいなごのおっ母さんは病気だから、銭があるなら薬代に回せばいいのにと言っていた。おれも小夜の言うことはもっともだと思ったよ」

「どうやら妾の話は本当らしいな。八、例の件はくれぐれも用心して調べを進めてくれ。間違っても主馬の耳に入れることはならんぞ」

勘八郎は眉間に皺を寄せて八右衛門に重々しく言った。

「承知致しました」

「何んだよ、何んだよ、例の件って。よう、お父っつぁん」

ゆたが首を伸ばして八右衛門に訊ねた。

「お前はうるさい！」

八右衛門はゆたの頭を軽く小突いた。

紅塵堂の外に出ると半吉は、そっと手拭で眼を拭った。

「どうした？」

勘八郎の問い掛けに半吉は照れ隠しに笑いながら「いつもは旦那の話を聞いておりやすと、

主馬様のやることを小生意気だと思っておりやしたがね……こんなことになると、何んだか不憫で堪まりやせん。主馬様はまだ二十歳の若者ですから……」と洟《はな》を啜って言った。

勘八郎も低く唸って「あれも辛かろうの」と独り言のように呟いた。

「へい。親が生臭いのは子供には嫌やなもんですから」

「しかし、抜け荷のことは八だから見逃さなかったが、他の奴らなら見て見ぬ振りをしただろうの」

「へい、確かに。岡部様には与力の旦那でもはっきりおっしゃり難いところがございます。何しろ事件のからくりについちゃ知らぬことはございませんので。しかし、この度のことは、それを逆手にとってのこと。許せねェというより、心《しん》ノ臓《ぞう》がばくばくするような心地が致しやす」

「八もお務めのしくじりで同心職を棒に振っているからのう。意地にもなろう」

「岡部様に比べたら八親分のことなど蚊に刺されたようなもんです」

普段はあまり表情を変えない半吉にしては珍しいほどの昂《たか》ぶりようだった。

「お前ェもそれとなく岡部殿の様子を探ってくれ。金が確かに相模屋と越後屋から岡部殿に渡っているとすれば由々しき事態だからな。できれば、その前に岡部殿を踏み留《とど》まらせたい」

「旦那、踏み留まらせるのはどなたのお役目なんです？　旦那がそれをなさるんですかい？」

半吉にそう訊ねられて勘八郎はぐっと詰まった。年の功の充分な適任者がいない。四十近いとは言え、勘八郎も主水から見たら二十も年下の若僧になる。そんな者の言葉を主水が殊勝に聞くとは思えない。

勘八郎は自分の父親と雪江の父親のことをふっと思い浮かべた。どちらかでも息災であったならば、と思わずにはいられなかった。

「山形様か、お奉行様しかおられぬか……」

「さてそれも……」

半吉は口ごもった。そうなった時はすべてが終わりのような気がした。

四

日本橋の北鞘町《きたさやちょう》は廻船問屋が集まっている町だった。ちょうど一石橋《いっこくばし》の東橋際に荷を搬入する艀《はしけ》が何艘も舫《もや》っていて、江戸の景観の一つにもなっている。

桔梗屋は北鞘町の廻船問屋の中で中堅の商いをする店で通っている。十年ほど前に押し込み事件に遭ったことから、勘八郎も店の名はよく憶えていた。

主の利兵衛《りへえ》は最近、息子に家督を譲り、隠居していた。暇ができたのを幸いに家にある骨董の整理を思いついたものだろう。

利兵衛を紅塵堂で見掛けて四、五日経ってから、例の掛け軸を持って勘八郎と八右衛門は桔梗屋を訪れた。

常のお見廻りなら店先で話を済ませるのだが、その日の利兵衛は二人を自分の隠居部屋に促した。

小ざっぱりとした部屋は六畳ほどの広さで床の間と違い棚を設《しつら》えてある。媚茶《こびちゃ》の着物に対《つい》の袖無しを羽織った利兵衛の恰好は、いかにも大店の隠居らしい風情があった。

利兵衛は勘八郎と八右衛門に茶を勧めながら「わざわざお越し下さらなくても、こちらから伺いましたのに。わたしは近頃、めっきり暇になりましたから。いや、畏れ入ります」と頭を下げた。

きれいに年を取るという言い方があるとすれば、利兵衛はまさにそれだった。皺も白髪も利兵衛の温顔には自然に見えた。こんなふうに年を取りたいものだと勘八郎は思う。

「今日はちょいと御用の筋もあったものですから、こちらの旦那と伺った次第です」

八右衛門は折った膝頭を両手で摩《さす》りながら言った。八右衛門は落ち着かない様子であった。

主水のことより、掛け軸の言い訳に頭を悩ましていた。

「ほう、御用の筋とはまた……」

利兵衛は怪訝な表情をしながら、それでも部屋の障子を何気なく閉めた。なかなか用心深い男だと勘八郎は思った。

「ご隠居、相模屋の噂を聞いておらぬかの？」

勘八郎は添えられていた羊羹を齧《かじ》り、湯呑の茶をぐびっと啜ると口を開いた。

「相模屋さんでございますか？」

「そうだ。それと深川の越後屋という米問屋のこともあるが」

「はあ、相模屋さんは一昨年に船の難破がございまして、大層、不幸に見舞われました。手前ども同情致しておりましたです、はい」

利兵衛は当たり障りのない穏やかな物言いで勘八郎に応えた。しかし、時折向ける視線に微かな警戒心があるのを勘八郎は感じていた。

「して、越後屋の方は？」

「越後屋さんと、うちの店は直接の取り引きはございませんので詳しいことは存じ上げません」

「相模屋とは親しいのか？」

「………」

利兵衛は逡巡しているような表情を見せた。

「相模屋は米を運ぶ御用もしておるのだな？」

勘八郎は差し障りのない質問にすばやく切り換えた。

「さようでございます。大坂に集められた米を江戸に運ぶ御用は、昔から相模屋さんもなさっております」

「抜け荷の噂があるのを、ご隠居は聞いておらぬか？」

「これは穏やかではございませんね。船で運ぶ物でありますから、途中で海に取り落としたり、また雨に当たったりで、当然、荷の数が少なくなるということはございますが……」

「いや、それは拙者でもわかる。公然とそれが行われているということはないのか？」

利兵衛は、つかの間、黙った。勘八郎は八右衛門と顔を見合わせた。やがて、利兵衛の口から「存知ません」と硬い声が洩れた。

「桔梗屋さん、相模屋と越後屋がつるんで抜け荷をしているのを、わたし達はもうわかっているんですよ。こちらの旦那が心配なさっているのは、抜け荷のことよりも間に立っているお人のことなんですよ」

八右衛門は少し捌《さば》けた口調で利兵衛に言った。利兵衛の眉がきゅっと持ち上がった。

「間に立っているお人、でございますか？」

「そのお……言い難いことですが、お上の御用をなさっている人です。抜け荷のことが表沙汰になった場合、見て見ぬ振りをしたばかりか、袖の下を取ったということで大変なことになります。お上の威信にも関わることです。何んとしてもそれを避けたいと考えまして、こうして為後の旦那と伺った次第です。知っていることを話しちゃ貰えませんか？　桔梗屋さんが喋ったということは他に洩らしませんから」

八右衛門の半ば強引な詰問に利兵衛は少しの間、沈黙していたが、やがて観念したように重い口を開いた。

「米の相場が崩れておりますね。わたしも、そろそろお上に目をつけられるのではないかと心配しておりました」

八右衛門はぐっと身を乗り出して利兵衛の顔を見た。

「安い米が市中に出廻れば、客は当然、値の安い方に傾きます。そうなったら当たり前に商いをしている米問屋や仲買、小売の店は打撃を受けます。当然のことです。相模屋さんと越後屋さんは少し大胆になっているようです。抜け荷、抜け荷とおっしゃいますが、そんなことは廻船問屋なら少なからずあることなんでございます。正直に商いをしているだけでは利は望めません。早い話、手前どもは毎年、大変な冥加金《みょうがきん》をお上にお納めしております。組合に課せられる冥加金は一万両を下らないのでございますよ」

「それはそれは……」

そういう事情は勘八郎も詳しくは知らなかった。勘八郎は興味深そうな顔で利兵衛を見つめた。

「力のない店は冥加金の下敷きになって店を畳むことにもなりかねません。旦那様方には、手前どもの店が大過なく商いをしているように見えるでしょうが、毎年毎年、青息吐息で暖簾を守っているのです。相模屋さんは一昨年、船の難破で借財を背負い込みました。その年の冥加金は組合に借りて何んとかしたものの、翌年に返済するのはとてもとても……」

「そうだのう」

勘八郎の声に溜め息が混じった。

「為後様、手前どもの商いにご理解があると見てお話し致しますが……」

「うむ。ご隠居のお立場はよっく肝に銘じております」

勘八郎は言葉に力を込めた。

「抜け荷のことは、それとなく存じておりましたが見て見ぬ振りをしておりました。明日は我が身と思えば、とても面と向かって異を唱えることなどできません。相模屋さんのお世話になっているお役人もそこを汲《く》んで便宜を計って差し上げたのでしょう」

「その役人というのが岡部主水なのだな？」

「はい。悪い方ではございません。あの方がいらっしゃらなかったら相模屋さんは今頃とっくに……お蔭で相模屋さんは大変な借財を翌年には返済する目処《めど》が立ったのです。手前ども喜んでおりました。しかし、困ったことに……」

利兵衛の声が曇った。

「抜け荷は止《や》まなかったのだな？」

勘八郎がそう訊ねると利兵衛は肯いた。

「岡部様を抱き込んで鬼に金棒とばかり、手口が大胆になって行ったのです。問屋の寄合の時にも、それとなく諫めることは申し上げたのでございますが、どうも聞く耳はなかったようです」

「どのように抜け荷の手筈《てはず》を整えるのかの？」

勘八郎は少し突っ込んだ質問をした。

「はい。菱垣《ひがき》廻船は堀まで入って来られませんので江戸湾の沖に停泊致します。御米蔵の艀が来る前に越後屋さんの艀が近づいて荷を下ろすのです。警護のお役人が岡部様の息の掛かった方ならば問題なく事が済みます」

勘八郎は低く唸った。主水ばかりでなく、事情を知っている同心も何人かいる様子である。

利兵衛はさらに言葉を続けた。

「抜け荷の味をしめた相模屋さんは頻繁に饗応して岡部様のお気持ちを繋ぎ留めていらっしゃるようでした」

すべて合点がいった。主水の吉原通いは相模屋の掛かりで行われていたのだ。主水はそこで女に入れ込んでしまったのだ。抑えられぬ気持ちは年齢に関係がない。悪事とわかっていても主水にはどうすることもできなかったのだ。

「根の真面目な方は、一度狂うと歯止めが利きません」

利兵衛はその時だけ不愉快そうに顔をしかめていた。利兵衛と主水はさほど年の開きはなさそうだった。

「いや。ご隠居。よくぞ話して下さいました。拙者からもお礼申しあげまする」

勘八郎は丁寧に頭を下げた。とんでもございません、と利兵衛は恐縮した。

主水の話がひとしきり済むと、八右衛門は恐る恐る掛け軸の箱を差し出した。

「いかがでございましたでしょうか？」

利兵衛の表情に別の緊張が走っていた。

「残念ながら……」

八右衛門は言い難そうに低い声で言った。

その瞬間、利兵衛の眼に膨れ上がるような涙が湧いた。

「桔梗屋さん、そんなにお力落としなされることはありません。掛け軸一つのことです。この家にはまだまだ貴重な家宝があるとお見受け致します。どうぞご遠慮なく他の物も見せて下さい」

八右衛門は慌てて言った。

「いえいえ……お見苦しいところを……」

利兵衛は袖で眼を拭うと照れ隠しにふっと笑った。

「その掛け軸はお父上の形見と伺いましたが」

勘八郎は利兵衛が落ち着いた頃に口を開いた。

「さようでございます」

「よろしければ、それを受け取った経緯を伺いたいものだが」

勘八郎が御用の向き以外の質問をしたことで利兵衛は驚いた表情になった。

「埒《らち》もないことでございます」

利兵衛はそう言ったが、八右衛門も是非に、と言ったので、利兵衛は年寄りの愚痴と思ってお聞き下さいと座り直した。

利兵衛は大坂の廻船問屋の三男として生まれた。その店も桔梗屋という屋号であるという。

今は利兵衛の兄の子が店を守っている。三男の利兵衛は年頃になると、店の手伝いをして一生を送るより、自分も店を構えて主になりたいという希望を持つようになった。

利兵衛は江戸に行きたいと父親に言った。

父親は最初は反対したようだ。大坂から江戸に出て失敗した同業者は少なくなかったからだ。若かった利兵衛は父親に反発する気持ちと兄に対抗する意地もあって、どうでも自分の意見を押し通した。根負けした父親は、取りあえず江戸に店を開けるだけの地所と、当座の仕度金だけは用意してくれた。

着のみ着のままで江戸へ出て来る者より、利兵衛は恵まれていた方だろう。

いよいよ江戸に立つ前日、利兵衛は父親から掛け軸を手渡されたのだ。太閤様のお品ゆえ、粗末にせぬように、いよいよ困った時は、その掛け軸で何んとかしろと父親は言った。

利兵衛は三男のために、さほど父親から目を掛けられずに育った。その掛け軸は利兵衛にとって父親からの最大の贈物であったのだ。

江戸で桔梗屋の暖簾を守るのは容易なことではなかった。何度か危機もあった。金策に困り、いよいよ掛け軸を手放そうかと思ったことも一度や二度ではない。それを押し留めたのは妻でもあったし、古くからいた番頭でもあった。

ご本店の旦那様に申し訳がない、どうぞそれだけは堪《こら》えてくれ、と。

番頭や妻の言葉を励みに利兵衛は危機を乗り越えて来たのだ。

今は商売熱心な息子達に恵まれて店は繁昌している。昨年、家督を長男に譲った利兵衛は蔵の中に仕舞い込んでいた掛け軸を久しぶりに取り出した。

もはやそれを手放す必要もなかった。しかし、いったいどれほどの値がつくものか。知りたい気持ちは日々、膨らんでいった。

近くの掛け軸屋はあっさりと贋作と言った。

利兵衛は俄《にわ》かには信じられない。久松町の紅塵堂という道具屋のことを人に聞き、そこで鑑定を仰ぎたいという気持ちになったのだという。

「わたしは親父に裏切られました。もったいぶってこんな物をよこして……もしも本当に手放そうとしたら、とんだ恥を掻くところでございました。もう親父も亡くなりまして、文句の言いようもございませんが」

「のう、ご隠居。拙者はお父上が、ご隠居のことをないがしろにして、その掛け軸を渡したとは思えぬがの」

利兵衛はそう言った勘八郎に怪訝な眼を向けた。

「はて、それはどういうことでございましょうか」

「江戸に桔梗屋の出店《でだな》を出してからも本店との付き合いはあったようにお見受けするが」

「はい。それはもう。大坂の船がこちらに来る時は手紙や季節の果物などが届けられておりました」

「もしも、ご隠居が掛け軸を手放そうとしたら、贋作ということがわかるはずだから、ご隠居はお父上に当然、文句を言ったはずだの？」

「…………」

「本物であれば、それで危機を凌いだことは、お父上にはわからぬ。しかし、贋作だったぞ親父、と言えば、お父上は、ああ出店が大変なのだと察するはずではないのか？　それを言って来ないということは、何んとか商いを続けているのだとお父上は思われていたはずだ」

「おっしゃる通りでございます、為後様……」

利兵衛は、はっと気づいたように勘八郎を見て言った。

「その掛け軸は他人から見たら何んの価値もないものでござろうが、ご隠居にとっては紛れもなく家宝であると拙者は思います。お父上はさすがに大坂商人。やり方が奮《ふる》っております」

勘八郎がそう言うと、八右衛門も大きく肯いた。

「骨董は、それを手に入れるまでの経緯にも一興がございます。本物か偽物かなど人の気持ちの問題に過ぎません。久しぶりによいお話を伺いました。桔梗屋さん、わたしからもお礼申し上げます」

八右衛門は晴々とした顔で言った。利兵衛は洟を啜ると掛け軸の箱を引き寄せ、いとおしそうに撫でていた。

勘八郎にとって、その後に起きた様々なでき事の中で、唯一、救われるような思いを味わったのは、この桔梗屋の一件だけだった。

五

梅雨が明け、耐え難い江戸の夏が始まった頃に主水の妻が逝った。

内々に調べを進めていた勘八郎と八右衛門であったが、与力、山形浪次郎から抜け荷の一件は今、しばらく待てが掛かった。妻を亡くした主水に追い撃ちをかけることは人情として忍びないものがある。山形の胸中は勘八郎にはよく理解できた。

勘八郎は主馬が不憫であった。父親の行状を露ほども知らず、ひさの葬儀には眼を赤くしていた主馬が。できれば主水の不始末を内々に処分し、誰の耳にも入れることなく解決したいと勘八郎は密かに思っていた。

小夜の嘆きは尋常ではなかった。思いを寄せている主馬の母親が亡くなったことで、主馬の悲しみを自分の悲しみとも受け取っているのだ。

葬儀の最中は岡部の家に詰めて、客の接待をかいがいしく手伝っていた。葬儀に出席した客は、そんな小夜に感心して「為後殿のご息女は、なかなか気のつくよい娘である」と口々に言っていた。しかし、勘八郎と雪江の胸中はひどく複雑であった。添えない縁に乙女心を掻き立てている小夜が、いじらしく切なかった。

主水の年甲斐もない行動は止《や》まなかった。

ひさの四十九日が済むと、主水は例の吉原の遊女を家に入れた。そればかりでなく、正式に妻に迎えるという届けを奉行所に出した。

与力、山形浪次郎は、もはや一片の同情の余地もないと、主水の行状を町奉行に報告した。町奉行、小田桐土佐守は自ら役宅に主水を呼び、その詮議を行った。主水は自分よりひと回りも年下の町奉行を軽ろんじていたようだ。抜け荷の一件に様々な言い逃れをしていたようだが、相模屋の番頭の自白と主水の配下の同心の自白を突きつけられると、ようやく観念したらしい。

相模屋と越後屋には身代を半減する沙汰が下りた。そして主水には改易の沙汰が下りる旨が奉行所内で噂となって拡まった。

勘八郎は相模屋と越後屋の沙汰に比べ、主水に対しては厳し過ぎるのではと内心思っていたが、町奉行の采配に、もちろん、異を唱えることはできなかった。

主水は奉行所の沙汰が下りる前に切腹して果てた。夏が終わり、秋風が岡部の屋敷に植わっている松の樹をひゅるひゅると揺らす頃だった。

切腹は辣腕《らつわん》の同心、北町の知恵者と呼ばれた主水の武士としての意地でもあったのだろう。ならば、女の色香に溺れる前に、どうして自分を取り戻せなかったのかと恨みが残る。誰もが主水の話をする時、何んと馬鹿な男かという口吻を匂わせていた。

主水の葬儀ほど辛いものはなかった。そこに出席した者は瞬を一瞬でも弛められない緊張を強《し》いられた。

誰しも同じ年に両親を相次いで失った主馬の胸中を思い、主水の切腹の理由を思い、また、これから岡部家に訪れる運命をも思っていたからだ。

勘八郎は主水の切腹を以《もっ》て改易の沙汰が回避されることを願っていた。そして山形もそれは同じだった。後は町奉行の胸一つの問題である。

昼を真一文字に引き結んだ主馬は葬儀が済むまで取り乱すこともなく、喪主としての務めを果たした。

主馬は主水を菩提寺《ぼだいじ》に埋葬すると、ただちに年若い主水の後妻を実家に帰し、屋敷の整理を始めていた。いずれ主水に対して下りる沙汰を予想しているかのようであった。

八右衛門は主馬に呼ばれて、岡部の家の書画骨董の処分を依頼されたという。その思い切りのよさに八右衛門は主馬に、ある覚悟を感じた。

「旦那、主馬様には少し、お気をつけられた方がよろしいかと思います」

岡部の屋敷に行った帰り、八右衛門は勘八郎の所に寄ってそう言った。

奉行所から退出して来た勘八郎は八右衛門を客間に上げて仔細を訊ねた。

喪中の主馬はお務めを休んでいる。主馬が何を考え、これからどうするつもりなのかは勘八郎も心配していた。

「何か引っ掛かるのか？」

勘八郎は雪江に酒の用意を言いつけてから八右衛門に向き直った。

「ちょいとお借り致します」

八右衛門は煙草盆を引き寄せ、腰の煙草入れから銀煙管を取り出して火を点《つ》けた。煙管には天女の意匠が施されている。それは月江のような表情をしていると勘八郎は思った。

「掛け軸、衝立《ついたて》、奥様の櫛《くし》、笄《こうがい》、簪《かんざし》、長持ち、挟《はさ》み箱、鏡台……もうほとんど洗いざらい手放したいご様子でした」

「…………」

「岡部様の紋付の類は切り刻んだとおっしゃっておられました」

「何んと！」

父親に対する主馬の怒りは勘八郎が想像していたより、はるかに大きいものに思われた。

「お慰めする言葉もありませんでした」

「そうよのう……無理もない」

「やはり岡部様のお沙汰は厳しいものになりましょうか？」

「お奉行もどうしたらよいものかと悩まれておられるのだろう。岡部殿が腹を切られたことで、おれは禊《みそぎ》は済んだと思いたいがのう」

「主馬様はそのようには考えてはおりません。いずれお沙汰があるものと思っていらっしゃるようです」

「………」

カンと八右衛門が灰落としに煙管の雁首を打ちつける音が驚くほど大きく聞こえた。二人はそのまま、しばらく黙ったままだった。

「お父さま……」

障子の外で小夜の声がした。

「小夜か？　入れ」

小夜は盆に銚子をのせて運んで来た。八右衛門と勘八郎の前に盃を置いて酌をすると、もう一本の銚子を火鉢の鉄瓶の中に沈めた。

小夜の眼は赤くなっている。それを気取《けど》られまいと小夜はさり気なく振る舞っていた。八右衛門も見て見ぬ振りをして盃の中味を喉に流し入れている。まるで苦い薬でも飲んでいるような顔だった。それでも、お愛想に「風が冷えて来ますと酒の味がよくなりますな」と言った。

小夜は火鉢の炭を掻き立て、炉扇《ろせん》で灰の表面を静かに撫でている。勘八郎は銚子の酒を八右衛門に注いだ。

「お父さま、聞こえる？」

小夜は火鉢に視線を落としたままで口を開いた。

「ん？」

「風の音よ。ひゅるひゅると笛のように聞こえるでしょう？」

小夜がそう言うと勘八郎は八右衛門と顔を見合わせた。そう言われてみると、部屋の外から聞こえる風の音が耳についた。

「うむ。背筋が寒くなりそうな音だの」

「これからお見廻りも辛い季節になります」

八右衛門も相槌を打って言った。

「風が松の枝に当たると、あんな音になるのです。松風と言うのだそうです。主馬さまがおっしゃっていました」

「………」

「一人で松風を聞いていると心の中がしんと冷えて、どうにも堪まらない気持ちになるのだそうです。だから主馬さまは松の樹が大嫌いだとおっしゃっておりました。でも主馬さまのお父さまは立派な松が自慢で、いつも得意顔で眺めておられたとか……」

「あの松は昔から岡部殿の自慢の種であった。おれも耳に胼胝《たこ》ができるほど聞かされたものよ」

勘八郎はわざと愉快そうに言った。内心では早く雪江が酒の肴《さかな》を持って来て、小夜を下がらせてくれないものかと苛々していた。

「お父さまは堪忍旦那よね？」

小夜は勘八郎を振り向いた。その拍子に小夜の眼から、はらりと涙がこぼれた。

「主馬さまを助けてあげて。主馬さまには何んの罪もないでしょう？」

詳しい事情は一つも小夜の耳に入れていないのに、小夜はすでに何も彼も承知しているようだった。

「待て、小夜。まだ岡部の家には、はっきりした沙汰は下りておらん。落ち着け！」

「いいえ。お沙汰が下りてからではどうすることもできないわ。その前に何んとかしてと申しているのです」

「お嬢様、これればかりは旦那でもどうすることもできないのです。堪《こら》えて下さい」

八右衛門がそう言っても小夜は納得した様子はなかった。

「このままだったら主馬さまは死ぬわ」

「おい、雪江、雪江」

勘八郎は障子を開けて大声で妻を呼んだ。八右衛門は泣き出した小夜をしきりに慰めている。

「大丈夫ですよ。たとえ同心の道が閉ざされたとしても他に生きる道は幾らでもございますから」

「駄目よ。主馬さまは他に何もできない。同心でなくなった主馬さまは主馬さまじゃない！」

「雪江、このおッ！」

勘八郎はほとんど絶叫していた。そうしながら勘八郎も確かに、同心以外の主馬は主馬ではないとも思っていた。

しかし、主馬を助けるどんな方法も、その時の勘八郎には思いつかなかった。

六

十月十二日に岡部家に改易の沙汰が下りた。

主馬はその沙汰を主水の代わりに受けた。

家財道具をすっかり処分した岡部の家はがらんとして、その中にいた主馬の身体はさらに痩せて見えたと勘八郎は人づてに聞いた。

主馬は最後まで残っていた女中のおすさと下男に暇を出し、いよいよ組屋敷から出る覚悟をしなければならなかった。


凩が岡部の屋敷前の埃を落ち葉とともに舞い上げていた。

小夜は黒板塀の隙間から中の様子を窺っている。もう五日も小夜は主馬の屋敷をそうして訪れていた。何んの目的がある訳ではなかった。ただ主馬が気掛かりで、そうせずにはいられなかったのだ。

主馬はほとんど屋敷で食事をしている様子はなかった。昼近くに起き出し、着物に袴を付けた恰好で外に出かける。戻ってきても夕方にはまた出かけた。

時々、見習い同心の小杉玄之丞が訪れたが、彼もさほど長居をせずに早々に帰っていた。

暮六つの鐘を聞いた後で出かけるのは若い男が憂さを晴らす岡場所であろうか。小夜の胸はきりきりと痛んだ。

その日、暮六つの鐘は鳴ったけれど、主馬は珍しく外出する様子はなかった。小夜がその場所を立ち去り難く思っていたのは、主馬が七つ半（午後五時）頃から雨戸を閉《た》てたことだった。夜の外出にも主馬は雨戸など閉てたことはない。こそ泥が入ったとしても、もはや盗られる物もないからだ。

最初は戸締りをしない主馬が心配だったが、その日は、むしろ雨戸を丁寧に閉てた主馬が気掛かりに思えた。

「お嬢さん」

小夜の背中に嗄《しわが》れた声が覆い被さった。小夜は飛び上がるほど驚いた。他人の屋敷を覗くのはよくないことだとわかっていたから、内心では人目を気にしながらびくびくしてそうしていたせいもある。

小夜は実際「わッ！」と声を立てて振り返った。そばに半こと半吉が心配そうな表情で小夜を見ていた。

「主馬様がご心配で様子を見ていらしたんですかい？」

「ええそう。おじさんにこんなところを見られて恥ずかしい」

「お嬢さんのお気持ちはわかりやすよ。だが、もう夜になりやす。そろそろお屋敷にお戻りにならないと旦那も奥様もご心配なさいやす」

「わかっているわ。でもおじさん、ちょっと気になることがあるのよ」

小夜は岡部の屋敷の方に視線を向けて言った。

「主馬さまは今日に限って雨戸を閉てられたのよ。いつもは夜にお出かけになる時も、そのままになさっているのに。変だと思わない？」

半吉の眼の動きが一瞬、停まった。すぐに玄関横の通用口を押したが、そこは中から閂《かんぬき》が掛かっていた。塀沿いにぐるりと廻ると、隣家の境となる生け垣の隙間を見つけて、そこから中に入った。小夜も後ろから続いた。

半吉は雨戸に耳を押し当て、中の様子を窺った。すぐに耳を離し頭を傾げると、さらに庭の奥の方へ進んだ。

松の樹が小夜を圧倒するように頭上に枝を拡げていた。風を受けて、その枝がさわさわと騒いでいる。中の気配が半吉には聞き取り難いようだった。しかし、客間の隣り、恐らく仏間の辺りで低い呻き声がするのを小夜も確認することができた。

「おじさん……」

小夜が半吉に言うより先に、半吉はすばやく動いて雨戸を外しに掛かっていた。小夜もそれを手伝った。障子を開け、半吉は土足のまま中に入った。小夜は履物を脱いで後に続いた。

「無礼者！」

半吉の姿に主馬は眼を剝いた。しかし、半吉は怯むことなく主馬に覆い被さった。

「主馬様、早まったことをなすってはいけやせん！」

小夜は金縛りに遭ったようにその場を動けなかった。仏壇の扉が開かれ、灯明が煌々と点《とも》っている。上半身裸の主馬は今しも切腹しようとしていたのだ。主馬の白い裸身に鳥肌が立っているのが小夜にはわかった。

しかし、二人が縺《もつ》れ合い、主馬の腹部が目に入った時、小夜は短く悲鳴を上げた。主馬の腹から血が出ていた。それは実際にはためらい傷によるものだったが、小夜は主馬が命を落とすのではないかという恐怖に襲われた。

高く振りかざした主馬の腕の先に白木の柄《つか》の短刀があった。その刃が灯明の光に反射して青白く光った。神道無念流を志す主馬の腕力は相当のものであったろう。半吉は何度か振りほどかれそうになった。それでも必死に主馬にしがみついている。

「ええい、邪魔をするな。そば半、邪魔立てすると貴様も殺すぞ」

主馬の眼の色は尋常ではなかった。そのままでは半吉が殺《や》られる。そう思った時、小夜は主馬に体当たりするようにぶつかって行った。二人の力を支え切れず、ついに主馬の手から短刀が離れて畳に落ちた。半吉は、すばやく短刀を摑んで部屋の隅に放った。

「おじさん、主馬さまを縛って。早く！」

小夜は腰紐を解くと半吉に渡した。薄桃色の腰紐を半吉は器用に操って「ちょいと辛抱しておくんなさい」と主馬の身体を縛った。

「おじさん、足首も」

小夜は半吉に指図した。

「おじさん、お父さまを呼んできて」

「貴様達、ただでは置かぬ」

縛られた主馬は憎々しげな眼を小夜に向けて吠えている。

「おじさん、お父さまを……」

小夜は主馬の危機を救ったことで安心したのか眼に涙を浮かばせていた。

「へ、へい。ですが……」

半吉は小夜を一人にして置くことに躊《ため》らいを見せていた。

「お父さまなら何んとかして下さるわ。ええ、きっとお父さまなら……」

半吉は勘八郎を呼んで来たところでどうなるものでもないとは思ったが、そのままでは再び主馬が事を起こすことが予想された。

ひとまずは思い留《とど》まらせることが先だった。

半吉は部屋の隅の短刀を鞘に納め「これはお預り致しやす。為後の旦那がいらっしゃるまで、どうぞお静かにお待ち下せェ」と言って部屋の外に出て行った。

風が部屋の中に吹き込んだ。

「主馬さま、お風邪を召しませんように」

小夜は主馬に羽織を被せた。ふと気づいて、懐紙を取り出し、腹の傷の血を拭った。

「何んのためにわしを助ける？」

主馬は押し殺したような声で訊いた。小夜は応えず、黙って血を拭っている。幸い傷は浅かった。内臓までは届いていない様子である。しかし、血の量は多かった。

「醜女《しこめ》の深情けか……」

主馬の口から残酷な言葉が洩れていた。小夜の手は一瞬、止まったが黙って手当を続けた。

「紐を解け」

「お父さまがいらっしゃったら解いて差し上げます」

「生きていても詮のないことだ。岡部の家もなくなった」

縛られて芋虫のような主馬は溜め息の混じった声で呟いた。

普段着の勘八郎は下駄をガタガタ鳴らしてやって来た。主馬を縛った小夜の機転を褒めたが、すぐに半吉に言いつけて小夜を家に帰した。

二人きりになると勘八郎は主馬の紐を解いた。

「為後殿。武士の情けです。どうか拙者の思う通りにさせていただきたい」

主馬は裸のまま深々と頭を下げた。

「まず、着物を着られよ。そのままでは風邪を引く」

「為後殿も小夜さんも死のうとする拙者に風邪の心配をされる。おかしな親子だ」

主馬は皮肉な調子で言ったが、それでも言われるままに衣服を整えていた。

「おぬしは商家に入り、町人として暮しをする気はないか？」

勘八郎は無駄な質問とわかっていたが、そう訊いた。

「滅相もござらん！」

「八右衛門のように小者をしながらお上の御用を手伝うというのはどうだ？」

「意に添いませぬ」

主馬ははっきりと応えた。

「それでは別の方法で同心を続けられるとしたら……どうじゃ？」

「別の方法とは？」

主馬は怪訝な眼を勘八郎に向けた。

「うむ。うまく行くかどうかわからぬが、ここへ来る道々、ふと考えたのだ。おぬしをおれの養子に迎えることだ」

「………」

「おれには息子がおらぬので、ゆくゆくは小夜に養子を迎えなければならぬ。小夜はおぬしに岡惚れしておる。親馬鹿と笑われようが、できれば娘の願いを叶えてやりたい。おぬしに異存がなければの」

「できない相談でございましょう。岡部の家には、もはや改易の沙汰が下りました。拙者には為後殿の家に入るだけの資格はございませぬ」

「小夜は嫌やか？」

「そういう問題ではござらぬ。拙者には……」

「小夜は虫酸《むしず》が走るほど嫌やかと訊いておるのだ」

勘八郎はその時だけ甲走った声を上げた。

「小夜さんのお気持ちは以前から知っておりました。しかし、拙者は岡部の一人息子、小夜さんは為後の家の一人娘。初めから縁のないものと、深く考えたことはございませぬ」

「ならば、今、考えよ」

「…………」

主馬は押し黙った。

「おれはおぬしのお父上のお気持ちがよっくわかるぞ」

「何をおっしゃいます。そのようなお言葉、今の拙者には無用の慰め。あのような者、もはや父とも思いたくござらん！」

「それでも父は父だぞ」

「…………」

「お父上は初めて心から惚れた女に巡り逢われたのだ。本望であったことだろう」

「母上はどうなります？　他の女に懸想《けそう》された夫を持った母上の立場は……」

「それは仕方もござらん。人の気持ちは立場とか世間体で留《とど》まるものではないからの」

「…………」

「おれも同じようなことがあった……」

勘八郎はそう言って立ち上がると障子を細目に開けて外の景色を眺めた。主馬の顔をまともに見てできる話ではなかった。風が開けた障子から少し強く吹き込んで来た。しかし、主馬は身じろぎもしなかった。

「おぬしは、おれが堪忍旦那と呼ばれるようになった経緯を詳しくは知らぬであろう」

「下手人にお目こぼしをなされるからではないのですか？」

「ふむ。埒もない罪科の場合はな。しかし、人殺しをした女を逃がしたとなったら、おぬしはどう思う」

「それは由々しき事態でありまする。そのようなこと、許されるべきではありませぬ」

「確かに。だが、おれはそれをした」

「何故？」

「女に惚れたからよ」

勘八郎は主馬を振り返ってにッと笑った。

だが、その笑いはいつもの勘八郎らしくもなく、自嘲的なものが込められていた。

「不幸な女だった。子供が三人いて、亭主はぐうたらで働きもしない。そのくせ、酒がないと言っては女を殴る蹴るを繰り返していた。女は内職で喰い繋いでいたが、とうとうある日、亭主の暴力に堪え切れず、簪で亭主の胸を突いてしまった。それがまた、見事なほどに心ノ臓に決まっての、血も僅かしか出なかった。おれはその事件を任された。女は自分が仕置を受けるのは一向に構わぬが、残された子供達が不憫だと泣いたわ」

「それで為後殿はいかがなされたのでありまするか?」

「亭主は酒毒でぽっくり逝ったと奉行所に届けを出した」

「………」

「誰にも気づかれることはないと思ったが、山形様にだけは見破られた」

「………」

「山形様にはさらに、その女とおれの関係までも知られてしまった……なに、女がおれに本気だった訳ではないのだ。おれの心を読んでそうしただけよ。おれが女の罪に目を瞑る代わり、女はおれの顔に目を瞑ったまでのこと……」

「その女、今はどうしているのですか?」

勘八郎は、とある茶問屋のお内儀の名を口にした。主馬の眼が大きく見開かれた。女はその後、子供を連れて再婚していた。

「それからだ。山形様がおれのことを堪忍旦那と呼ぶようになったのは。おれはその女と結果的には取り引きしたことになろうの。おぬしの父上と同じよ……雪江と一緒になる前のことだ」

「なぜそのようなことを拙者に?」

「さて、なぜであろうの。おぬしの顔を見ていたら話したくなったのだ。山形様がおれを堪忍旦那と呼ぶ度に、おれは苦い気持ちになる。嫌やでも、あの時のことを思い出しての」

「為後殿のなされたこと、拙者、すべてが間違っていたとは思われませぬ」

「ほう……」

「人間のすること故、男のすること故……お上の御定書では収まり切れぬこともございます」

「よく言うた、主馬。ならばお父上を許せるな？」

「………」

「許せるな？　おれを許せるのなら、お父上のことも許せるはずだ。お父上は腹を切られて落とし前をつけられた。おれはそのまま生き恥を晒しておる。お父上は男らしく生涯を終えたのだ。そう思ってやれ」

主馬は勘八郎の言葉に応える代わり、腰を折って咽《むせ》んだ。

今までの辛い気持ちをいっきに吐き出すように、主馬の声は号泣に変わっていた。

さて、この先、どんな手だてをしたものか。

勘八郎は松風と主馬の泣き声を聞きながら唇を堅く嚙み締めて思っていた。

「またも堪忍旦那になるか……」

独り言のように思わず口を衝《つ》いて出た言葉を、ひと際強い風が搔き消した。

主馬には聞こえなかったらしい。

銀の雨

一

私、為後勘八郎儀、
去る十月十一日。臨時廻り同心、岡部主水嫡子、岡部主馬との養子縁組めでたく相整い、
岡部主馬は今後、為後主馬として公務に励む旨、北町奉行所に申し上げ候趣相違ござなく候。
これにより此段、申し上げ候。以上。

十一月末日

その書き付けが北町奉行所に提出された時、奉行所内は一日、勘八郎と主馬の話で持ち切りとなった。このようなこと、前代未聞であるとか、このようなことが許されるようでは奉行所の威信に関わるとか、様々な噂と臆測が飛び交った。
岡部主水に改易の沙汰が下りたとならば、その息子である主馬も役職を解かれ、流浪に身

を養子に迎えたと届けを出している。しかし、勘八郎は主水に奉行所の沙汰が下りる前日に主馬を養子に迎えたと届けを出していた。表向きはどこにでもある養子縁組の体裁を取っていた。

沙汰が下りる前ならば、再婚した主水に子ができる可能性もあった。主馬が跡継ぎのいない為後の家に養子に入ったとしても不自然ではない。仮に主水に跡継ぎができないとしても、主馬の子を岡部の跡継ぎにするという方法もあった。

しかし、それはあくまでも書類上の理由で、奉行所の人間は主馬の前途を慮《おもんぱか》った勘八郎の苦肉の策と誰しも思った。

いかにもそれは勘八郎の苦肉の策であった。

父親の後を追って自害しようとした主馬を助けるためにはそれしか考えられなかった。娘の小夜が主馬を慕っているとすれば尚更であった。

勘八郎は密かに上司の山形浪次郎と相談し、また町奉行の役宅に赴いて仔細を話し、町奉行の判断を仰いだ。町奉行、小田桐土佐守もさすがにその処置に難色を示したが、勘八郎はたってと深々と頭を下げ、土佐守がはっきりした返答をするまで身じろぎもしなかった。

土佐守は溜め息をつき「本来なら許されるべき事態ではござらぬが、聞けば岡部主馬という若い見習い同心はなかなかの優れ者。一人の有能な同心を親の不始末のために同等に処するのは酷というもの。おぬしは堪忍旦那と市中では評判の同心、その堪忍旦那の威光で、この度は特別に例外を認めるとしよう」と言った。ただし、と土佐守は顔を上げた勘八郎に覆い被せた。

「このことが公になれば奉行所内でも混乱が予想される。おぬしは毅然とした態度で人に説明し、また岡部主馬にも徒《いたず》らに萎縮することなきよう、くれぐれも申し伝えておく」

勘八郎は「はッ。それはよっく、肝に銘じましてございまする」と畏れ入って応えた。

主馬はひと月ほどお務めを休んで為後の屋敷で謹慎していたが、十二月の初めから奉行所に出仕《しゅつし》した。出仕してしばらくは同僚の白い視線が胸にこたえている様子も見えた。しかし、勘八郎に言い含められた通り、黙々とお見廻りに励んでいた。何かを忘れるためには仕事に集中するしかない。務めを終えれば町道場に出向き、剣術の稽古に没頭していた。

そういう主馬の態度は勘八郎の眼に、ひどく健気《けなげ》に映っていた。

雪江は主馬が屋敷に来てから少しはしゃいでいる様子だった。嬉々として主馬の世話を焼いていた。主馬がお袋殿、お袋殿と慕えば尚更である。反対に小夜は沈んだ様子を見せるようになった。

勘八郎には小夜のその様子が解せなかった。

お前のために自分は苦労して主馬を家に入れたのではないか。もそっと嬉しそうにしたらよかろうものを、と思っていた。

小夜に別の考えがあったことを勘八郎は大晦日まで知らなかった。

小夜は主馬が為後の所に来た頃から日本橋の錬成館《れんせいかん》という剣術の道場に小太刀の稽古に通い出した。主馬が剣術に長《た》けているので、小夜も刺激されて剣術に励むようになったのだ。飽きっぽい小夜にしては珍しく熱心である。大晦日のその日は錬成館の大掃除を手伝って来たと言っていた。お蔭で為後の屋敷の方は雪江が忙しい思いをした。

勘八郎は大晦日の日は暮六つ頃には組屋敷に戻って来たが、主馬は四つ半（午後十一時頃）過ぎてからようやく戻って来た。寒風に晒されたその顔は蠟《ろう》のように青白く見えた。

「まあまあご苦労様。お寒かったでしょう？」

雪江は主馬を労《ねぎら》い、着替えを手伝うと、すぐに火燵《こたつ》に促した。主馬は着物の上に勘八郎の着物を仕立て直した綿入れ半纏を羽織っていた。雪江が縫ったものである。

勘八郎は銚子を勧めた。

「一杯どうだ？　身体が暖まるぞ」

「いただきます」

主馬がそう言うと、小夜は台所から盃を持って来て主馬の前に置いた。

「小夜、酌をしてやらんのか？」

勘八郎の言葉に小夜は眉を少し上げて「お父さまがなさって。わたくし、忙しいの」と言った。小夜は道場の稽古着のような物を縫っていた。

「冷たいおなごだのう」

勘八郎は恨めしそうに言った。主馬はすぐに「それでは親父殿」と盃を持ち上げて勘八郎に酒を注いで貰った。

「主馬さん、御膳を先に召し上がる？　それとも年越しのお蕎麦を先になさいます？」

雪江が訊ねた。腹減らしの勘八郎は主馬が帰るまで待ち切れず、先に晩飯は済ませていた。岡部の家にいた時は考えられないことだった。主水とひさは主馬が帰るまで膳には箸を付けずに待っていた。そういう両親をありがたいと思う一方で、時には煩わしく感じることもあった。仕事を終えて同僚と寄り道したい時でも、待っている両親のことを考えて誘いを断るか、あるいは早々に引き上げるということになった。主馬は為後の家に来てから、そういう煩わしさから解放されたと思っている。

と言って、為後の家がすべて居心地がよい訳ではなかった。この家は食に家計の重点を置くためか、屋敷の手入れは主馬が驚くほどぞんざいだった。縁側の板の間は歩く度に軋《きし》んだ。畳は客間を除いては赤茶けて、けばが目についた。障子や襖はどこかに必ず破れや綻《ほころ》びがあった。庭については下男が草取りをする程度で、季節になれば勝手に咲く樹木が伸びるに任せていた。植木屋など入ったためしもないようだった。

しかし、そういう不満を主馬は口にしたことはない。人はそれぞれに異なった価値判断で暮しているものである。まして主馬は養子の身であった。

主馬は蕎麦を先にすると雪江に言った。

務め向きの話をしてから、すでに酔いの回った勘八郎は機嫌のよい表情で主馬に言った。

「さて、年が明けたら、そろそろ祝言のことを考えねばならぬの。おぬしはいつ頃が都合がよいかの？　やはり春か？」

「拙者はいつでも構いませぬ。親父殿にお任せ致します」

主馬はかけ蕎麦を啜りながら応えた。

「うむ」

「岡部様のご親戚は少々差し障りがありましょうが、お母様の方のご親戚はお呼びした方がよろしいのではないでしょうか」

雪江が弾んだ声で言った。

「はい。叔父夫婦には拙者、ずい分と可愛がっていただきました。従兄弟《いとこ》達も子供の頃から一緒に遊んだことがあります故、祝言に呼んでいただければ喜びます」

「そうか。ならばそうしよう」

勘八郎は上機嫌で相槌を打った。

「お父さま」

それまで黙って針を運んでいた小夜が顔を上げた。

「主馬さまは為後の家の跡取りになられたのでしょう？」

勘八郎は何を今更という表情で娘を見た。

「いかにも。主馬はおれの養子になってお前と夫婦になることを承知してくれたのだ」

「それは表向きの理由で、本当はそうしなければ主馬さまの道が立たなかったからですわね？」

「小夜さん、失礼ですよ」

雪江が小夜を窘《たしな》めた。

「いや、構いません。小夜の言う通りです」

主馬はいずれ小夜を妻に迎えるつもりで、為後の家に来てからは小夜のことを呼び捨てにしている。それを勘八郎と雪江は親しさを表すものと捉えていたが、小夜は主馬が自分を軽ろんじていると感じていた。自分に向けられる主馬の目は相変わらず、冷ややかだった。

「主馬さまが以前のように奉行所に出仕することができて、為後の家も跡取りの心配がないとなったら、別にわたくしと主馬さまは夫婦にならずともよろしいのではないでしょうか？」

「小夜、お前は何が言いたいのだ？」

勘八郎は苦々しい表情で訊いた。

「主馬さまはよそから奥様をお迎えになって、わたくしがよそに輿入れしたところで構わないということにはなりませんか？」

「何を馬鹿な」

勘八郎は吐き捨てた。主馬もきつい目で小夜を睨んだ。

「小夜さん、あなたはずっと昔から主馬さんには思いを寄せていたではありませんか。どうしていま頃になってそんなことを」

雪江は狼狽していた。

「お父さまもお母さまも親馬鹿ね。主馬さまがわたくしを最初からお気に召さなかったのをご存知なかったの？　仮にわたくしに兄か弟がいたとしたら、そして岡部さまの家に何事も起こらないとしたら、主馬さまはわたくしとの縁組を承知したかしら」

「小夜、わしは仮にとか、もしもの話などは考えたことはない。考えてどうする？　もしもわしの父親がお務めをしくじらなければ、わしとてそのまま岡部の跡を継いでいたわ。お前は為後の一人娘だから、わしとの縁組などなかったのは必定。そんなことはわかり切っておる。しかし、事情は変わったのだ。これも縁のもの。わしはその縁を素直に自分に受け入れたいと思っておる」

主馬の理屈に勘八郎は大いに感心して肯いた。雪江も頼もしそうに主馬を見ている。

だが、小夜は不満そうに唇を嚙み締めた。

手に持っていた布をぎゅっと摑んで、しばらく黙っていたが、やがて決心したように口を開いた。

「それでもわたくしは……わたくしは、心から妻になってほしいという人に嫁ぎたいの。事情が変わったとか、縁のものだからとか、そんな理由で簡単に祝言を承知する主馬さまなんて大嫌い！」

小夜はそう言うと、縫い物を放り出し、自分の部屋に下がってしまった。

「小夜、入るぞ」

襖の外から主馬の声がした。小夜は蒲団を敷いて、着替えをしようとしていた。鏡に向かい、櫛と簪を外すと、愛想のない女の顔が鏡の中から自分を見ていた。小夜は返事をしなかったが、主馬は小夜の裁縫道具と縫い掛けの物を持って入って来た。

持って来た物を部屋の隅に置くと、やや遠慮がちに襖の傍《そば》に腰を下ろした。

「親父殿とお袋殿の前でどうしてあんなことを言ったのだ?」

「どうしてって、本当のことだからですわ」

「わしの立場を考えてはくれぬのか?」

「ですから、お立場とか体裁とかはお考えにならずに、主馬さまはご自分の思う通りになさったらよろしいのよ」

「そうは行くか!」

「…………」

「わしの何が不足だ?」

「…………」

「はっきり申してみよ」

「…………」

小夜は膝の上で爪を弄《いじ》りながら返事をしなかった。

「わしはお前に命を助けられた。親父殿には男として生きる道を与えられた。感謝しておるのだ。その感謝に報いるためには為後の家に尽くすことだと思っておる。それがお前にはわからぬのか?」

小夜の胸はきりきりと痛んだ。主馬が何か言う度に心は震えた。自分はこんなにもこの目の前の男にのめり込んでいるのかと思った。

主馬とひとつ屋根の下で暮すのは嬉しかった。主馬が自分を妻に迎える覚悟があるとすれば尚更だ。しかし、それは主馬が心から望んだことではないのだ。

あの日、必死で、切腹しようとした主馬を自分は止めた。主馬がこの世の人でなくなるのは何んとしても嫌やだった。今もその気持ちは変わっていない。

しかし、諦めて短刀を放り出した主馬が小夜に掛けたひと言、「醜女《しこめ》の深情けか……」が、その後の小夜の胸を度々突き刺した。

醜女という直截《ちよくせつ》な言葉が小夜にはこたえた。自分を美しい娘だとは思っていない。けれども、醜いと人に言われたことはなかった。面と向かってそのような無礼を口にする者などいない。しかし、結局、自分は醜く生まれついた娘なのだと実感した。思い知ったのだ。主馬には自分はふさわしくないと考えるようになった。主馬は自分を妻にしても決して幸福ではないのだから。

「お前も年が明ければ十七だ。もう少し大人になったらどうだ。よく考えるのだ」

主馬はそう言って腰を上げた。

「主馬さま」

襖に手を掛けた主馬は小夜を振り返った。

「わたくし、心に思う方がおります」

「…………」

「その方と一緒になりたいと思います」

「誰だ？」

主馬は呆れたような表情で訊いた。

「お名前はまだ申し上げられません。町家《ちょうか》の方ですから……」

「町家だと？　そんなことが許されると思っておるのか？」

主馬は甲走《かんばし》った声になった。

「そんなに驚くことではありませんでしょう？　主馬さまも二年ほど前には町家のお嬢さんと祝言を上げたいと思ったこともおありになったではありませんか」

小夜がそう言うと主馬の顔に朱《しゅ》が差した。

「貴様、人の弱みを……」

怒りで主馬の声は少し嗄《しわが》れて聞こえた。

「弱みを突いているつもりではありません。わたくしも心惹《ひ》かれた方がたまたま町家だったというだけのことです」

主馬は小夜を睨んだままだった。

「ついでに申し上げますけれど、その綿入れ、少しもお似合いになりませんね」

主馬は首を下げて羽織った綿入れ半纏をしみじみ眺めた。だが、すぐに顔を上げて「口の減らないおなごだ」と吐き捨て、襖を音を立てて出て行った。

小夜の眼に涙が滲《にじ》んだ。どうしてこんなふうにしか主馬に接することができないのだろうか。主馬を慕えば慕うほど、言葉はそれとは逆になって口をつく。ほうっとついた吐息が部屋の冷気で白く見えた。

遠くから除夜の鐘が聞こえた。煩悩《ぼんのう》は百八つ。小夜は女に生まれた我が身をつくづく厭《いと》わしいと感じていた。

二

小夜が通う錬成館は室《むろ》町の一丁目、高砂新道にあった。馬庭念流《まにわねんりゅう》の看板を掲げるこの道場は、土地柄、商家の手代や番頭、それに小夜のような若い娘も多く通って来ていた。

道場主の杉山六十三《むつみ》は六十を過ぎた高齢であるが、その妻はまだ三十五、六の若さであった。小夜は最初、妻のさきのことを道場主の娘と思っていた。

それを教えてくれたのは太物《ふともの》問屋の手代の麻吉《あさきち》であった。さきは六十三の門弟であったという。師弟の立場を超えて六十三とさきは慕い合うようになったのだ。六十三には病弱の妻がいて、息子も三人いた。さきと六十三の関係が表沙汰になることを恐れたさきの両親は、さきをさる大名屋敷に女中奉公に出した。剣術に長《た》けたさきをほしがる大名屋敷は多かったからだ。さきは宿下がりの折に必ず杉山道場を訪れた。六十三の妻の見舞いを兼ねていたが、もちろん、六十三に逢うことが目的であったらしい。

妻はさきと六十三のことは薄々気づいていたようだ。死期を悟った妻は、さきに自分が死んだら六十三と一緒になってくれと言ったそうだ。

そう言った妻は間もなく、さほど苦しむことなく眠るように死んだ。さきは大名屋敷に暇乞いをして六十三の許へ嫁いだのである。

さきはその時、まだ二十代だったそうだ。

三人の息子を育て上げ、それぞれに独立させると、六十三を助けて道場を守《も》り立てて来たのだ。武家ばかりでなく町家、女子にまで門を開いたのが杉山道場の今日の発展に繋がったのであろう。

六十三は熟練者の稽古をつけ、さきは少年剣士や町家の者、女子の面倒を見ていた。

小夜には、さきの立居振る舞いが何から何まで憧れの対象であった。美しく、機敏で、しかも瑣末《さまつ》なことに拘《こだわ》らないおおらかな性格が小夜を惹きつけてやまなかった。

「お嬢さん」

稽古を終えて道場の外に出ると麻吉が後ろから追い掛けて来た。

「先日は結構な物をちょうだいしましてありがとうございます」

小夜は麻吉に稽古着を縫ってやったのだ。

「身体に合ったかしら」

「へい、ぴったりでございます。これでお仕着せが汗になるのを気にすることもありません。本当にありがとうございます」

「本当は袴も縫って差し上げられるといいのですけれど、わたくし、そこまでお裁縫の腕がないのよ。勘弁してね？」

「とんでもありません。もうもう充分でございますよ」

「麻吉さんに喜んでもらえて、わたくしも嬉しいわ」

「これからお屋敷にお戻りですか？」

「ええそう」

「それじゃ、わたしも八丁堀にちょいと用事がございますので、お送りいたしましょう」

「お店《たな》に戻らなくていいの？」

「へい、道場からまっすぐに出先に向かうと断って来ております」

「じゃあ、八丁堀まで麻吉さんと道行《みちゆ》きね」

小夜が冗談を言うと麻吉は「こいつァ……」と唇の端を歪めるように笑った。

麻吉は二十五と言っていた。主馬より少し年上になる。麻吉は商家の手代ということもあるが、主馬とは型の違う男に思えた。第一、麻吉はよく喋った。必要なことしか言わない主馬とはそれだけでも大きく異なっていた。

時々、卑屈に見える目つきも小夜には気になる。しかし、麻吉は小夜に対して好意を持っている様子を隠そうとはしなかった。それが十七の小夜の気持ちをくすぐっていた。

「お嬢さんのお父上は堪忍旦那と評判の為後様ですよね?」

「まあ、よくご存知ね」

朝方に降った雪は昼過ぎにはほとんど解けてしまった。ぬかるんだ道に小夜は時々、足許を取られそうになった。その度に麻吉は小夜の腕にさり気なく自分の手を添えた。そんな仕種も小夜には新鮮だった。

「見習い同心の岡部様は今は為後様のご養子になられたそうで、お嬢さんのご亭《てい》になられるんですね?」

麻吉は小夜の家のことは存外に知っている様子だった。

「そんなこと、どなたからお聞きになったの？」

「ちょいと道場で小耳に挟みました」

「町家の人はお喋りな方が多いのね。わたくし、主馬さまと一緒になると決めてはおりません。養子のことは父が決めたことですから」

麻吉は小夜に怪訝な目を向けた。

「ですが、一人娘さんの所にご養子に入るということは、そういうことになるんじゃございませんか？」

「わたくし、主馬さまが気に入らないの」

そう応えたのは小夜の見栄だったろう。

「もしも……」

麻吉は足許に目を落としながら低い声で囁くように呟いた。

「お嬢さんが町家の出だとしたら、わたしは是非にもお嬢さんを……いえ、これはご無礼いたしました。そんなことある訳がございませんよね」

麻吉は顔を赤らめて上目遣いで小夜を見ていた。小夜の胸がコツンと疼《うず》いた。

「麻吉さん、本当にわたくしをそんなふうに思って下さっていたの？　わたくし、器量が悪いのに……」

「お嬢さん、何んてことをおっしゃるんです。お嬢さんは色だって白いし、姿もいいし、顔は真ん丸で、わたしは初めて会った時は、何んて可愛らしい人だろうと思ったんでございますよ」

「麻吉さん、少し褒《ほ》め過ぎよ」

小夜は慌てて麻吉をいなしたが気持ちは弾《はず》んでいた。お世辞でも麻吉の言葉は舞い上がりたいほどに嬉しかった。

「麻吉さん、あなたは剣のお稽古は初めてじゃないでしょう?」

小夜は弾んだ気持ちのまま麻吉に言った。

麻吉の道場での腕が人並み以上なのを褒めてやりたかったのだ。麻吉は少し驚いた表情をした。

「どうしてそう思いなさるんです? 剣術の道場に通うのは初めてですよ」

「それじゃ、筋《すじ》がよろしいのね? お稽古にも熱心で、さき先生は褒めていらしたわ。商家の手代にしておくのは惜しいって」

小夜がそう言うと麻吉は鼻を鳴らした。

「子供の頃、近所に浪人が住んでおりました。わたしの里は江戸ではございませんがね、江戸よりずっと西の城下町でした。わたしも裏店住まいをしていたんですよ。口入れ屋の世話で江戸に出て来ましたが。で、その浪人は普段は傘貼りの内職をしていたんですが、気が向けば、わたしに木の枝を持たせて稽古をつけてくれたんですよ。お嬢さんが初めてには見えないと思われたんでしたら、きっとそのせいですね。子供の頃に覚えたことは忘れませんから」

「本当にそうね」

小夜にはやはりと、納得するものがあった。

「まっとうな稽古はその時ぐらいで、後は喧嘩をしながら覚えたようなもんです。こんなこと、お役人のお嬢さんに申し上げることじゃありませんが」

「喧嘩はお強いの？」

「敵《かな》わないなあ、お嬢さんには。そんなふうにあっさりと訊ねられると答えようがありませんよ」

「その気になったら麻吉さんは強いんでしょうね。わたくしは何んでも強い人が好きよ」

「………」

海賊橋を渡り、八丁堀に入った時は黄昏《たそがれ》が迫っていた。武家屋敷の黒板塀から松の樹が枝を伸ばしていた。その先に解け残った雪が綿のように見えた。小夜と麻吉が通り過ぎると、雪はどさりと不粋な音を立てて地面に落ちた。落ちた拍子に雪は麻吉の肩を掠《かす》めた。麻吉は

「おお、冷てェ」と大袈裟な声を上げた。小夜は麻吉の肩先の雪を手で払った。麻吉は、よろしいんですよ、と言ったが、肩に触れた小夜の手を少し強い力でぎゅっと握っていた。

「冷たい手ですね？」

麻吉は真顔で小夜を見下ろしていた。小夜も麻吉をじっと見つめた。心が震えた。こんなふうに麻吉が自分にいつまでも接してくれるのなら、主馬のことは忘れられると本気で思った。

「お嬢さん、お屋敷に着きましたよ。お疲れ様でございます。ゆっくりお休みになって下さいまし」

麻吉はそう言うと、何事もない顔で先へ進んで行った。

「送ってくれて、どうもありがとう」

小夜の言葉に麻吉は振り向かず、掌だけをひらひらと振った。

小夜は麻吉の後ろ姿をしばらく見送っていた。

「小夜」

後ろでいきなり声がした。ぎくっと振り向くと主馬が立っていた。

「お戻りなさいませ」

小夜は頭を下げた。

「道場の帰りか？」

「はい」

主馬は黒紋付の襟許を頭巾で襟巻代わりに覆っていた。隙のない身ごしらえである。不粋なことを主馬は嫌う男だった。

「やけに熱心だの。腕は上がったのか？」

「さあどうでしょう」

「今の男は誰だ？」

小夜はぎょっとなった。もしや手を握られたところを見られたのではないかと思ったからだ。だが、主馬はそこまでは気がついていない様子だった。

「日本橋の太物屋の手代をしている人で麻吉さんと言います。あの方も道場にお稽古に来ているのです」

「ふん、この頃は商家でも用心のために手代や番頭に剣術を習わせている所が多いと聞く。そいつもその口だろう。だが、人の目もあるゆえ、あまり一緒に歩くのは感心しない。お留か茂蔵《しげぞう》に伴について貰え」

主馬は為後の奉公人のことを言っていた。

「近くですから伴などいりません。帰りは麻吉さんか、別の商家の方が黙っていても送ってくれます。ご心配には及びませんわ」

「お前はわしの言うことを決して素直には聞かぬおなごだの」

「…………」

「まるでわしに恨みがあるようで肝が焼けるわ。いいか、親父殿とお袋殿の前では逆らってくれるなよ。余計な心配は掛けたくないからな。小夜、春には祝言を挙げるぞ」

「…………」

「嫌だと言っても駄目だぞ。わしはそう決めたのだから」

「わたくし、麻吉さんと一緒になります」

「まだ言うか、そのような世迷言《よまいごと》」

主馬は塀の陰に小夜を引っ張り、「お前はわしに惚れておったではないか。今更何んだ？心変わりでもしたというのか？」と低い声で早口に言った。

「おっしゃる通りです。心変わりいたしました」

「…………」

主馬は唇を嚙むと酷薄そうな眼を小夜に向けた。

「ならばなぜ、あの時、わしを止めた？」

「………」

「わしはあの時、本気で父上の後を追うつもりだったのだぞ。世間の白い目に堪えてお務めをしているのは何んのためだ？　皆々、先の人生があることを信じてのことではないか……それを今更……わしの立つ瀬がないわ」

主馬の言葉に溜め息が混じった。

「体裁をお考えになる方にはなるほど、お辛いことでしょうね？」

「何を！」

「お父さまは堪忍旦那よ。そんなことを気にするとお思いになって？　主馬さま、どうぞあなたのお気に召す方を奥さまにお迎えになって。それが本当の先の人生というものですわ。気に入らぬ女を妻にしたところでおもしろくも何んともございませんでしょう」

ぴしりと小夜の頰が鳴った。勘八郎にも雪江にも小夜は手を上げられたことはなかった。

その衝撃がぶたれたことより痛みになった。

「いい加減にせぬか。どこまでその減らず口は止《や》まぬのだ？」

小夜は頰を押さえて主馬を見た。自然に涙が滲んだ。涙など見られたくはなかった。しかし、喉の奥の塊のようなものは熱く、苦しく小夜の眼に涙を滲ませずにはいられなかった。

「小夜、今晩、わしはお前のところに行く。よいな？」

主馬は小夜の顔を見ずに言った。新しい衝撃が小夜を突き上げた。自分のところへ来るという意味を察すると小夜の背中は粟立った。

それは生娘の潔癖性のせいだったのかも知れない。

「お断りいたします。大声でお父さまを呼びます」

主馬はそう言った小夜に構わず、背を向けて玄関口に向かっていた。「口など塞いでやるわ」と平気で言った。

「それなら舌を嚙み切ってしまうわ」

主馬はさすがに振り向いた。

「どこまでもわしを虚仮《こけ》にするつもりか? よいわ。それならお前とのことはこちらから願い下げにしよう。さっさと手代なり丁稚《でっち》なりの所へ行ってしまえ。おお、面倒だから駆け落ちしろ。後々の手間が省けるわ」

主馬はそう言うと地面にぺっと唾を吐いた。

玄関口に入って行く主馬の背中には怒りが溢れて感じられた。

三

小夜はいつもの稽古の後でさきに母屋の方に呼ばれた。杉山道場には一日置きに通っていた。毎日でも通いたかったのだが、小夜には他に手習いだの、裁縫だの、茶の湯の稽古だのがあった。一日置きでもずい分忙しい思いをしている。麻吉が小夜を送ってくれるのは、いつの間にか習慣のようになった。帰り道に麻吉と話をするのが楽しみでもあった。

だからさきに呼ばれた時はその貴重な時間を取られるような気持ちがした。

着替えを済ませて母屋に通じる渡り廊下を歩いていた時、井戸の傍で麻吉が汗を拭っているのが目についた。肌脱ぎになった麻吉の二の腕に青い彫り物があるのにも気がついた。何の模様か、離れて見ていた小夜にはよくわからなかった。小夜の視線を感じて麻吉は振り返り、慌てて着物を羽織った。

二月に入っているとは言え、外気はまだ冷たかった。

「麻吉さん、わたくしはさき先生からお話があると言われました。今日は送っていただかなくとも結構です。お先にお帰りになって」

「さいですか。残念ですね。そいじゃ、明後日、また……」

「ええ。さようなら」

小夜はそのまま廊下を渡って母屋に入った。

麻吉は小夜をしばらく見つめていたようだ。

「さき先生、小夜です」

障子の外から声を掛けると「お入りなさい」と澄んだ声が聞こえた。畳のへりを踏まないように作法通りに中に入ると、さきは火鉢の前で煙管《きせる》を使っていた。

さきの傍には六十三が茶を飲んでいた。どちらも稽古着のままだった。これから務め帰りの武士や、店を閉めてから通って来る商家の門弟の稽古があるからだろう。

小夜は煙管で一服するさきに驚いていた。

酒も煙草も縁のない人と思っていたからだ。

「ご苦労さま。ささ、遠慮せずに前にどうぞ」

六十三は小夜の顔を見て、茶道具を引き寄せ、茶を淹《い》れる様子だった。

「先生、お構いなく」

小夜は慌てて言った。

「いいのよ、小夜さん。先生の淹れるお茶はおいしいのよ」

さきは白い煙を吐き出しながら笑った。

「今日はね、あなたに嬉しいお話があるの」

「何んでございましょう」

「先生と相談してね、入門の目録をお渡ししようと思いましたのよ」

「入門ですか？」

　小夜は解せなかった。道場の門を叩いて稽古は許されたので、とっくに入門したものと思っていたのだ。

「あら不思議そうなお顔をなさって。この道場は三月《みつき》を過ぎなければ本当に入門したことにはならないのですよ」

　小夜はようやく納得して肯いた。六十三が小夜に湯呑を差し出した。小夜は恐縮して湯呑を受け取った。さきは火鉢の縁で煙管の雁首を叩いて灰を落とし、小夜に向き直った。

　髪を束ね、後ろへ下げ、華やかなくくり袴と筒袖の稽古着姿は、普段のさきより数倍美しく見えた。剣術が身体に滲《し》みついた女性だからだろう。

「あなたはとても熱心だわ。それはわたくしも認めます。どうですか、お稽古にこれからも精進なさいますか？」

「はい、そのつもりでおります」

「そう。それは感心。祝言をなさっても、お子さんがおできになるまでは通って下さいね？」

「さき先生、わたくしはまだ祝言は挙げるつもりはございません」

小夜がそう言うとさきは怪訝な目をして六十三を振り返った。二人の微妙な視線が絡《から》み合った。

「やはりそうなの。いえ、あなたのお母さまがおいでになって、そのことを心配なさっていたようですけれど」

「母がここに来たのでございますか？」

「ええ。お家に入られたご養子さんの手前、ずい分悩んでおられましたよ」

「…………」

小夜は俯《うつむ》いて湯呑の中味を見つめた。淡い緑色の茶はなるほど味がすこぶるよかった。

「ご養子さんはもと岡部さまの息子さんでしたわね？」

「はい」

「あなたはその方を嫌っていらした訳ではないのでしょう？」

「…………」

「まあ、だんまりになってしまって」

さきは小夜の気持ちを和らげようと冗談に紛らわせて話をする。

「この頃、越後屋の麻吉さんと仲がよろしいようですけれど、それは別の意味があるのだとわたくしは思っておりましたが」

「別の意味とは、どういうことでしょう」

小夜はさきの言ったことが理解できなかった。さきはまた六十三を振り返った。いちいち自分の言うことを確認するような様子だった。六十三は何も答えなかったが、さきとは、もちろん気持ちが通じているのだった。

「あなたは町方同心のお嬢さんなので、何か御用の向きで麻吉さんに近づいているのだと思っておりましたのよ」

小夜はさらに混乱した。御用の向きでどうして自分が麻吉に近づく必要があるのだろう。小夜の知らないことをさきは敏感に察している様子であった。

「わたくしが麻吉さんに近づいて越後屋さんの様子を探っていると、さき先生は考えられたのですか」

小夜は、ふと気づいて言った。

「違ったかしら」

違っていても、その情報は聞いておきたかった。小夜は思わず、そうです、と答えた。

「やはりね。次は越後屋さんが狙われるのではないかと、わたくしも考えておりましたのよ」

「さき先生は麻吉さんから何か不審なものを感じていらっしゃったのですか？」

「感じていたも何も、剣の技を見れば一目瞭然ですよ。あの技は……」

「雖井蛙《せいあ》流平法だ」

それまで黙っていた六十三がぽつりと呟いた。聞いたことのない流儀だった。

「麻吉さんはその雖井蛙流の剣術の遣い手だとおっしゃるんですか？」

「そう。鳥取藩で主に使われている流儀です。江戸では馴染みがないでしょうが。先生はお若い頃、全国に武者修行に出られて数々の剣の流儀を学んだ人ですから憶えていらしたのですよ。背の低い方には有効な剣術です。麻吉さんは、ほら、あまり背はお高くないでしょう？」

「でも麻吉さんは剣術のお稽古は初めてだとおっしゃっていました」

「それは、あなたのような素人はごまかせるでしょうが、先生の目はごまかせませんよ」

「さき先生、これからどうしたらよろしいでしょうか？」

小夜は途端に不安になって訊ねた。

「そうね……あまり麻吉さんには深入りしないように。と言っても急に態度を変えてもおかしいですから、まあ、普段と変わらない程度になさったらよろしいわ。それでこのことは、お父さまか、そのご養子さんにそれとなくお話しなさった方が……お嫌や？」

「いいえ、御用向きのことは話さなければならないと思います」

「そうね、それがよろしいわ。わたくしも何かあったらすぐにご連絡いたしますから」

六十三から奉書紙に包まれた入門の目録を渡された。小夜はそれを押しいただくと風呂敷に包み、杉山道場を出た。

越後屋は麻吉の奉公している店であった。昨年の暮から押し込み事件が発生していたのは小夜も知っていた。

本所の青物問屋、蔵前の札差、小伝馬町の小間物問屋、皆、手広く商売をしている店だった。奉公人の数も多いので、賊の一人がその店に巧みに入り込み、しばらく真面目に奉公する素振りを見せ、隙を突いて事に及ぶのである。さきの口ぶりでは麻吉がその押し込みの一人であるかのようだった。

そうだろうかと小夜は訝《いぶか》しんだ。それは信じられなかった。しかし麻吉が故意に自分に近づく理由がわからない。いや、さきは自分が考えがあって麻吉に近づいているのだと思っている。けれど、声を掛けて来たのは麻吉の方が先だった。その時は押し込みのことなど小夜は夢にも思っていなかった。

考えても考えても小夜にはわからなかった。

日本橋を渡った時、小夜はいきなり「お嬢さん」と声を掛けられた。

麻吉は橋で小夜を待っていた様子だった。

驚いた拍子に小夜は思わず「わッ」と大きな声になった。

「驚かせて申し訳ありません。いや、どうしてもお嬢さんのことが気になったものですから」

麻吉は気後れした表情でそう言った。

「先に帰ってと言ったはずよ」

小夜は少しぷりぷりして言った。麻吉は慌てて小夜の後をついて来た。

「さき先生に何か言われたんでございますか?」

「どうして? どうしてそう思うの?」

「たとえば、わたしとつき合うなとか……」

「そんなこと、さき先生がおっしゃる訳がないじゃありませんか。あなたも道場のお弟子さんですもの」

「そ、そうですよね。なにね、わたしは心配性な質《たち》でございますから気になって……」

「麻吉さん、越後屋さんに奉公なさってどれほどになります?」

「へい、一年とちょっとです」

「以前はどこのお店にいらしたの?」

「お嬢さん、人別調べですか?」

「そんなつもりはないわ。ただ、あなたのことは何んでも知りたいだけよ」

「以前は里で、やはりお店《たな》奉公しておりやした」

「お里はどこ？」

「………」

「お里を知られるのが嫌やなの？」

「そんなこともありませんが、今日のお嬢さんはやけにわたしに邪険になさる」

「わたくしに嘘をついたからよ」

「嘘ですって？」

麻吉は小夜が驚くほど狼狽した様子を見せた。麻吉を目の前にしては疑惑の気持ちは幾分、薄れた。しかし、何気ない言葉に必要以上に敏感になる麻吉に同心の娘としての勘は働いていた。

「今日はね、先生に入門の目録をいただいたのよ」

「そいつはおめでとうございます」

「先生はあなたの剣の腕を褒めていらしたわ」

「お恥ずかしい」

「雖井蛙流ですってね」

「………」

「剣術は初めてだなんてわたくしに嘘を言って」

「申し訳ありません。そんなつもりはなかったんですが。先生は他に何かおっしゃっておりましたか?」

「いいえ、それだけよ」

小夜がそう言うと麻吉は吐息をついた。

「わたしは先生のおっしゃるように雖井蛙流を学びました。わたしはもとは二本差しをしておりました」

「そう、お武家だったの」

「藩がお取り潰しになって、糊口《ここう》を凌ぐために江戸に出て来たのです」

「お一人で?」

麻吉は小夜の質問に一呼吸置いてから、一人でです、と応えた。

「それではお里で剣の修行をなさっていたのですね?」

「はい」

鳥取藩は雄藩で、取り潰されたという話は聞いていない。恐らくはその近辺の小藩なのだろう。

「兵法勝負の道に於《お》いては、何事も先手と心懸《が》くる事なり。構ゆると言う心は、先手を待つ心なり。よくよく吟味工夫有るべし。兵法勝負の道、人の構えを動かせ、敵の心になき事を仕懸け、或《ある》いはむかつかせ、又はおびやかし、敵のまぎるる所の拍子の理を請けて勝つことなれば、構えと言う後手の心を嫌うなり……」

麻吉は滔々《とうとう》と小夜に述べた。小夜は感心して麻吉の顔を見ていた。

「すばらしいわ。それが雖井蛙流の奥義《おうぎ》なの？」

「いえ、宮本武蔵先生のお言葉です」

「あの二刀流の宮本武蔵……」

「わたしの剣術の師匠は流派は違っても宮本先生を尊敬しておりました。雖井蛙というのは井の中の蛙《かわず》と雖《いえど》も大海を知るの謂《いい》です」

「すごいこじつけね」

「反骨と言って下さい」

麻吉はようやく白い歯を見せた。さきに呼ばれたために、組屋敷に着いたのは、いつもより遅くなった。薄闇が小夜の周りを取り巻いていた。組屋敷内は夕食を摂《と》る時間であったためか、人影もなかった。

「そいじゃ、お嬢さん」

麻吉は小夜を見つめて言った。「ええ」と応えた言葉が途切れた。麻吉の唇が小夜の唇を、いきなり塞いだからだ。小夜は息が止まるような気がした。

「お嬢さん、ご養子さんと祝言を挙げる時は教えて下さい」

「なぜ？」

小夜の声は掠《かす》れていた。唇を離して麻吉を見上げた時、麻吉の微かな体臭を感じた。

「何かお祝いを差し上げたいのです」

「麻吉さんはわたくしに早く祝言を挙げてほしいの？」

「そんな訳があるもんですか。だが、いずれお嬢さんを諦めなければならない時が来るんです。仕方がありません。その時は未練が残らないよう覚悟するんです。ですから……」

そう言った麻吉は辛そうに小夜の身体を離し、「そいじゃ、失礼いたします」と頭を下げた。

小走りに去って行く麻吉を小夜は呆然と見送った。

小夜の中で麻吉に対する不審の念と麻吉を信じたい気持ちが交錯していた。

玄関に入り、履物を揃えていると主馬が戻って来た。小夜には構わず、雪駄を外して座敷に上がった。

「お戻りなさいませ」と声を掛けても返事もしなかった。小夜は仕方なく主馬の片一方が裏返しになった雪駄を自分の履物の横に揃えて置いた。履物だけが寄り添ってそこにあった。心はてんでにばらばらだと小夜は思っていた。

四

小夜と主馬の祝言が暗礁に乗り上げているのをよそに、主馬の朋輩である小杉玄之丞《げんのじょう》の祝言が纏《まと》まった。玄之丞は勘八郎の同僚である荒関三弥《あらぜきさんや》の娘を娶《めと》ることになった。三弥の娘のしおりは小夜と同じ十七だった。

しおりと玄之丞の祝言は雛《ひな》の節句の日に行われる。さぞかし、その日の、しおりと玄之丞は内裏雛《だいりびな》のように見えることだろうと小夜は思った。

祝言の日は北町奉行所の大半の人間が招かれることになった。

麻吉は、道場の帰りにはいつものように小夜を送ってくれた。小夜は麻吉に不審なものがあることを勘八郎にも主馬にも話していなかった。麻吉を信じたいと思う小夜の気持ちがそうさせていたのかも知れない。

さきもあれから麻吉のことには触れて来なかった。しかし、玄之丞の祝言が近づいたある日、小夜はさきにまた母屋に呼ばれた。

「小夜さん、奉行所の方で何かおめでたいことがあるそうですわね？」

着替えを済ませたさきは、町家のお内儀のようだった。髪をぐるぐるの櫛巻《くしまき》にしていたので、妙に婀娜《あだ》っぽく見える。

六十三は出かけて留守だった。

「はい。見習い同心の小杉玄之丞さまの祝言があります」

「そう。それはおめでたいこと。じゃあ、その日は小夜さんもお招きされているのですね？」

「はい。玄之丞さまは主馬さまのお友達ですので、わたくしの家は皆んなで出席いたします」

「奉行所のお役人の方もたくさん出席されるのですね？」

「はい……さき先生、それが何か」

「以前に申したではありませんか。例の押し込みのことですよ」

「…………」

「お役人の祝言となれば、その夜はお見廻りも手薄になるのではないですか？」

「でも、来月は南町奉行所の月番に当たるので、北町の方はさほどには影響はないと思いますが」

事件の処理には北町と南町の両奉行所が交代で当たることになっていた。私的な行事は月番に当たらない時に行っていた。

「あなたはお父上に麻吉さんのことをお話しなさいました？」

「いいえ」

「どうして？」

さきが詰《なじ》るように言って小夜を見た。

「麻吉さんが押し込みの一味であるとはどうしても思えなくって……」

「それはそうですよ。はっきりしたことなど、わたくしにだってわかりませんよ。ですから、事件を探るご専門のお父上やご養子さんにお話ししてお任せするようにと申したのですよ」

「…………」

「小夜さん、しっかりして。あなたは麻吉さんに心を奪われているの？」

「さき先生……」

さきの言葉は図星だった。小夜は何も言えず俯いた。

「洗いざらいお話しなさい。麻吉さんのこともご養子さんのことも」

「…………」

「苦しい気持ちをごまかしては駄目よ。わたくしだって先生を諦めようと一時は他の男の方を追い掛けたことがあるのよ」

「本当ですか？」

「本当よ。わたくし、先生が初めての男ではないのよ」

あっさりと過去を告白されて小夜は戸惑った。

「でも、結局そんなことは一時のごまかし。本当の気持ちは自分が一番よく知っているはずですもの。あなたを見ていると昔のわたくしを思い出してしまうわ」

「さき先生、やはり麻吉さんに怪しいところを感じられますか？」

「そうね、半信半疑というところかしら。わたくしは岡っ引きじゃないから、その辺の勘は働かないけれど、わたくしには麻吉があなたに近づいて、何か情報を得たいと考えているように見えるのよ」

「麻吉さんはさき先生のおっしゃるように雖井蛙流を志していたそうです」

「まあ、あなた、それも話してしまったの？」

「はい。いけなかったでしょうか？」

「…………」

さきは溜め息をついて煙管に火を点けた。

「申し訳ありません」

「あなたはまだ子供ね、世の中のことがわかっていないわ」

「…………」

「さて、どうしようかしら」

さきは白い煙の行方を目で追い掛けながら思案していた。上向いて露《あら》わになった喉が驚くほど白く見えた。

「きっと……麻吉はその祝言の行われる日を知りたがると思うけど」

「もしも、麻吉さんがわたくしにその日を訊ねて来たとしたら、やはり麻吉さんは押し込みの一味と考えるべきでしょうか？」

「十中八九、そうね。そこであなたが妙な表情をしたら、あなたの身が危ないかも知れないわ」

「さき先生、わたくし、怖い……」

小夜は途端に恐怖を感じていた。

「わたくし、お送りしましょうか？」

「いいえ、さき先生が一緒だと麻吉さんは尚更変に思います。さり気なく戻って父と主馬さまにお話しします。二人ならきっとよい考えがあるはずですから」

「そうよ。あなたの味方はお父上と主馬さんよ。麻吉じゃないわ」

さきは艶然と笑って煙管の灰を落とした。

帰りがこれほど怖いと思ったことはなかった。麻吉は途中できっと現れるだろうと思った。自分が平静を保っていられるだろうかと不安でもあった。

日本橋に麻吉はいなかった。少しほっとして八丁堀に入る海賊橋まで来た時、見慣れた縞木綿の麻吉の姿があった。小夜の背中は粟立った。子供の頃、奥山《おくやま》でからくり人形を見たことがあった。可愛らしい姫が一瞬の内に夜叉に変身するものだった。小夜はその時の胸の潰れるような恐怖を思い出していた。

「遅かったですね。さき先生に何かお小言ですか?」

小夜は立ち止まらず、そのまま足を進めた。少しでも早く自分の家に戻りたかった。

「ご機嫌斜めでございますね。そう邪険になさらないで下さい」

麻吉は後ろから小夜の手をきゅっと握った。

「麻吉さん、人の目もございますから、そんなことはなさらないで」

「申し訳ございません。わたしはもう、お嬢さんのお顔を見なければ夜も日も明けないような心地ですよ」

「おやおや大変。わたくしはまるで吉原のお女郎さんのようですわね」

「吉原の女郎だったら、わたしは店の金をくすねてでも身請けいたしますよ」

吐息が小夜の首筋に掛かった。小夜はまた胸をぞくりとさせていた。

「今日はわたくし少し急ぎますので……」

麻吉をさり気なく追い払うつもりだった。麻吉が小さく舌打ちしたのがわかった。

「小杉様の祝言が纏まったそうですね」

そら来たと思った。身構えていたことに麻吉はあっさりと乗って来たのだ。麻吉にとって自分は与《くみ》し易い馬鹿な娘の一人だったのだろうか。あまりに油断の多い一言だった。

「ええ、そうですよ」

「お嬢さんは先を越されてしまいましたね」

「意地悪なおっしゃりよう……」

「祝言はいつです？」

「………」

「いえね、うちの店の旦那様が小杉様には大層ご贔屓いただいておりましたので、ご祝言にはお祝いの品をお届けしたいと申しておるのですよ。いつ、どこでご祝言が行われるんでしょうか？」

「そういうことなら小杉さまにお訊ねになればよろしいわ」

「お嬢さん、悋気《りんき》はそのくらいにして、素直におっしゃって下さいよ」

「悋気ですって？」

小夜はきッと麻吉を睨んだ。麻吉は小夜のその表情に怯むどころか笑っていた。

「知りたい？」

試すように小夜は訊いた。

「はい」

麻吉は応えた。笑顔のままだ。その笑顔が小夜の中で恐怖になっていた。

「どうしても？」

「はい」

「わたくし、詳しい日時は本当に存知上げないのですよ。戻ってからお父さまにお訊ねして見るわ」

「お願いいたします」

「お返事は明後日でよろしい？」

「はい」

「それじゃ、麻吉さん、もうここで結構よ。送っていただいてどうもありがとう」

小夜は笑顔を麻吉に向けた。麻吉は小夜の顎をひょいと指で上向ける仕種をして、来た道を戻って行った。

くるりと通りに背を向けて組屋敷に入った時、小夜の笑顔は消えていた。

五

「お父さま、お父さま」

座敷に上がるなり、小夜は大声で勘八郎を呼んだ。

女中のお留が慌てて台所から出て来た。

「お嬢さん、どうなさいました？」

「お父さまは？　まだお戻りじゃないの？」

「旦那様と奥様は本日、荒関様のお屋敷にお祝いの品をお届けに参りました。先様でご膳をおよばれになるそうで、お嬢さんはお留守番なさるようにとお言付けがございました」

「主馬さまは？　主馬さまもご一緒？」

「若旦那様はお食事をお済ませになって、とっくにお部屋でお休みになっていらっしゃいますよ。遅かったですね」

「わたくし、主馬さまに大事なお話をして来るわ」

「お腹がお空きでしょう？　先にお食事をなさって下さいましな。片付きませんから」

「台所に用意しておいて。後でいただくわ。それにお前はもう帰っていいわ」

お留は昨年から通いになった。茅場町の指物《さしもの》師と所帯を持ったからだ。

「よろしいんですか？」

「ええ」

「それじゃ、お言葉に甘えてそうさせていただきます」

お留は嬉しそうに帰り仕度を始めた。

主馬の部屋の前まで行ったが、小夜は中に声を掛ける勇気がなかった。台所に戻って、気持ちを落ち着かせるため、水瓶から柄杓《ひしゃく》のまま水を飲んだ。

「行儀が悪いぞ」

小夜はびくっと振り返った。主馬が普段着の上に綿入れを羽織った恰好で立っていた。

「わしの部屋まで来たのではないのか？　何か用事か？　親父殿も外出しておるゆえ、わしで済むことなら話せ」

「錬成館のさき先生から大事なお話を伺って来ました」

「何んだ？」

「押し込み事件のことです」

主馬は黙ったまま、薄べりを敷いた板の間に腰を下ろした。

「………」

「小夜、茶を淹れてくれ」

「はい」

小夜は戸棚から湯呑を取り出すと、火鉢の傍に置いてあった茶道具を引き寄せた。

「お前、腹が減っているだろう。飯を喰いながら話を聞こう」

「でも……」

「腹が減っているお前の話は何が何んだかわからぬことが多いからな」

主馬は唇の端をふっと歪めた。小夜は主馬に茶を淹れてやると、布巾の掛かった箱膳を膝の前に置いて箸を取った。

「さき先生はこの次の押し込みは越後屋さんではないかと申しておりました」

「うむ、考えられるな」

箱膳には鰯の煮付けと菜の花の煮浸しがのせられていた。汁の実は毎度のしじみだった。

「でも越後屋さんは日本橋にあるので、八丁堀とは近いでしょう？　知らせを受けてお役人が駆けつけるのも、今までよりずっと早くなりましょうね」

「そうだのう、小夜、ゆっくり喰え」

「はい。それで賊はどうにか隙を狙っているのだと思います」

「どういう隙だ？」

「たとえば取り締まりがぐっと弛《ゆる》む何かの行事が重なった時とか」

「はっきり申せ」

「さき先生は玄之丞さまの祝言の日が危ないとおっしゃっておりました」

「目星のついている奴がいるのか？」

「はい」

「誰だ？」

「…………」

小夜は茶碗を持ったまま俯いた。主馬の手が伸びていた。ぶたれるのかと思ったが、そうではなかった。主馬は小夜の唇についた飯粒を取ってくれた。

「杉山道場に通っている者か？」

「はい」

「申して見よ」

「越後屋さんに奉公している麻吉さんです」

「…………」

主馬は眉間に皺を寄せて小夜を見た。不愉快そうだった。

「どうして麻吉が押し込みの下手人だとわかった?」

「わたくしに玄之丞さまとしおりさんの祝言の日取りをしつこく訊ねたからです」

「お前は何んと答えたのだ?」

「詳しくは知らないのでお父さまに訊ねてから返事をすると申しました」

「すると、また訊ねて来る訳だな?」

「はい、恐らく」

「………」

主馬は湯呑の中味を見つめて押し黙った。

どうしたらよいのかを考えているのだろう。

「主馬さま、わたくしは愚か者ですわね?」

小夜がそう言うと主馬は二、三度、目をしばたたいた。

「悪事を働く男に惚れたからか?」

小夜は主馬の顔を見ずに俯いたまま「ええ」と応えた。

「わしよりもましだろう。わしはおなごが事を起こすまでは気がつかなかった。いや、もしやとは思っていたのだが、信じたくはなかったのだ」

主馬は黒犬事件を起こしたおりせのことを言っていた。三年前のことだった。

「おりせさんは真実、主馬さまを慕っていたではありませんか。麻吉さんはわたくしをただ、騙して利用しようとしただけなのです」

「………」

小夜はいつもの半分も食べられなかった。

膳を下げると小夜は茶を淹れ直した。

「玄之丞の祝言には出られぬか……」

主馬は溜め息混じりに呟いた。

「では捕り物の準備を？」

「うむ。内々に南町にも連絡して一挙に押し込みの一味を挙げる」

「お気をつけて下さい。麻吉は雖井蛙流の遣い手です」

「せいあ流？」

「はい。鳥取藩の方で盛んな流儀です」

「………」

「杉山先生がご存知です。ご指南いただきましょうか？」

「うむ。命を落とすことになるやも知れぬから、用心のため、ご指南いただくことにしよう。

小夜、今度道場へ行った時は、そのことを先生に申し上げて、都合を伺ってくれ」

「……………」

小夜は返事ができなかった。主馬が命を落とすかも知れないと言ったからだ。

小夜は涙が溢れそうになった。それを見られたくないために、袖で口許を覆って自分の部屋に慌てて駆け込んだ。

主馬の足音が部屋の外で停まった。

「小夜、どうした？」

小夜は堪え切れずに嗚咽を洩らしていた。

「何を泣くことがある。わしが何かしたか？」

暗闇の中で主馬が行灯を手探りしているのがわかった。自分の部屋ではないので要領を得ない様子だった。

主馬は行灯より先に小夜の肩を探り当てた。主馬は小夜の肩に触れた途端、反射的に小夜の身体を胸に引き寄せていた。

「小夜、わしより麻吉の方がいいか？」

小夜は主馬の胸に抗《あらが》うようにかぶりを振った。主馬は小夜を離さなかった。

「路上で口を吸われて、それほど嬉しかったか？」

小夜は頭にかッと血が昇り、「嫌や！」と悲鳴のような声を上げた。

「わしがそれを見た時、どんな気持ちになったか、お前は知らぬだろう」

小夜は主馬から逃れようと身をよじった。

主馬の力は強かった。

「わしの胸は真っ赤に焼け爛《ただ》れたような心地がしたわ」

小夜は抗うことを止めて、闇の中で主馬の顔を見上げた。表情はわからなかったが、熱い吐息は感じた。

主馬は小夜の身体を抱え直すと、ゆっくりと小夜の唇を塞いだ。小夜は身体の芯を貫く感覚に痺《しび》れていた。

「これでも麻吉の方がいいか？　いいか？」

主馬は麻吉に嫉妬していた。それが小夜には驚きであった。小夜は主馬に押し倒された時
「お父さまに見つかる」と低い声で言っていた。

主馬の動きがその言葉で止まった。玄関の辺りが騒々しかった。下男の茂蔵が門を閉める様子があった。

主馬は慌てて起き上がり、ついで小夜の腕を取った。

「よいか。何事もなく振る舞うのだぞ」

「はい……」

「ささ、出迎えをせよ。何をしている、ぐずぐずするな」

主馬はいつもの皮肉な調子になって小夜を急《せ》かした。

六

麻吉は越後屋に住み込んで押し込みの手引きをしていた。麻吉は当初、小夜の祝言の日を狙って事に及ぶつもりだった。しかし、小夜と主馬の間が気まずくなったために予定を変更せざるを得なくなったのだ。

焦りが墓穴を掘る結果となったのだろう。

主馬は勘八郎と相談して密かに捕り物の準備を進めていた。三月は南町奉行の月番に当たるので、麻吉を捕らえた後の詮議は南町の方に任せることにしていた。

杉山六十三に雖井蛙流の指南を請い、その弱点を突くコツを体得した主馬だったが、実際はそのコツを使うまでもなく、麻吉及び、五人の押し込み一味を簡単にお縄にすることができた。一味が越後屋近くの水茶屋で押し込みの首尾を話し合っている時に、主馬達は踏み込んで全員を捕らえたのである。

麻吉は小夜を見くびっていたのだ。玄之丞の祝言の隙を狙うつもりが、逆に不意をつかれてあえない最期となった。

麻吉は安芸国《あきのくに》のさる小藩にいたのは事実だったが、その藩が取り潰しになったのではなく、仕官中の失態が原因で藩を追い出されたのだった。

小夜は茅場町の大番屋に主馬につき添われて出向いた。

麻吉の面通しと簡単な詮議を受けるためだった。

麻吉は厳しい仕置でほとんど人相までが変わって見えた。そんな麻吉に小夜は思わず目を背けた。

「小夜殿、この者が麻吉に間違いございませぬか？」

南町奉行所の定廻りの同心、山田四郎左衛門《しろうざえもん》が小夜に訊ねた。間違いございません、と小夜は応えた。

「小杉玄之丞殿の祝言の日取りを麻吉が訊ねていたことも間違いありませんな？」

「はい」

「その日取りを麻吉に教えたのは、いかなる理由でありますかな？」

「父と、こちらにいる為後主馬にそうするように言われたからです」

主馬は四郎左衛門の顔を見て深く肯いた。

「それは押し込みが行われる日を限定して、麻吉を捕らえるためですな？」

「おっしゃる通りです」

麻吉は荒い息をしながら、ゆっくりと顔を上げた。その眼は怒りに燃えていた。

「てェした女だ。色仕掛けでおれを嵌《は》めてよ」

四郎左衛門の手下の岡っ引きが麻吉に拳をくれた。麻吉はウッと呻いた。

「だれが手前ェのようなお多福、まともに相手にする？　ありがたく情けを受けてりゃいいものをしゃれたことをしやがって。手前ェ、きっと仕返しするから覚悟しやがれ！」

麻吉が自棄《やけ》のように言った拍子に下っ引きの突き棒が彼の背中をしたたか打っていた。

「麻吉、それはできねェ相談だな。お前ェは仕返しする前に獄門よ。残念だったな」

四郎左衛門はいつも下手人に接する時の、蓮《はす》っ葉《ぱ》な口調で麻吉に言った。

「失《う》せろ、お多福！」

麻吉はそれでも吠え続けた。小夜は目を瞑《つぶ》って麻吉の罵倒に堪えていた。

やがて四郎左衛門は主馬に頭を下げて、引き取るように言った。主馬は小夜の背中を押した。

「小夜」

「はい。参ります」

小夜は気丈に応え、麻吉を見つめた。麻吉はもうほとんどものを言う力もないようだった。

「麻吉さん、嘘は嫌やだって申したでしょう？　お多福の女は疑い深いのよ。心にもないことをおっしゃって……潔く、お裁きを受けて下さい。さようなら……」

小夜はそう言って大番屋を出た。

「悪党の言うことなど気にするな」

主馬は小夜を慰めるように言った。

「気にするものですか」

小夜は言ったが自然に涙が滲んでいた。

「お多福ぐらい、なによ」

「そうだ。お多福と言われたぐらい大したことではない」

「わたくしは主馬さまに醜女と言われたのですもの、それに比べたら麻吉の言葉なんて」

「小夜、わし、そんなことを言ったか？　いつ言った？」

小夜は腕を取った主馬の手を邪険に払った。

「わたくしなんて、わたくしなんて生まれて来なければよかった」

小夜は闇雲に走った。美しくないということがこれほど悲しいとは思わなかった。

袋小路の塀の前で小夜は主馬に追いつかれた。

「足が速いのう。わしは息が切れた」

　主馬は膝に両手を置いて呼吸を整えた。すぐに身体を起こして主馬は小夜に近づいた。

「小夜、もう何も考えるな。一切が下らんことだ。わしは……わしはお前がいとしいから、お多福でも何んでも構わん」

　主馬はきっぱりと言った。

　黙ったままの小夜を抱き寄せ「わしは嘘は言わん」と掠れた声で小夜の唇に自分の唇を押し当てた。

　天井の節目が勘八郎の眼に見えた。それが嫌やで横を向けば、壁のシミは雪江の横顔に思えた。

　出合茶屋《であいぢゃや》の一室で小夜は主馬の身体の下で身動きできなかった。襦袢《じゅばん》を掻き分けて主馬の指が胸の突起を探っていた。小夜の乳首はもう硬くなって痛みを覚えるほどだった。

　主馬はそこにも唇を這わせた。羞恥と甘美な気持ちが身体の奥から不思議な陶酔を小夜に与えていた。厭わしいのに、なぜかそのままでいたいような。逃げ出したいのに、その先に何があるか知りたいような。

　主馬の手が長襦袢の腰紐の下にそろそろと下がる。小夜は何度かその手を払ったけれど、主馬は諦めなかった。

袋小路を出てから主馬は組屋敷には戻ろうとしなかった。小夜もそのまま帰りたくなかった。と言って、こういう場所に入りたいとも思っていなかったが。

二人は永代橋を渡って深川に入った。深川八幡の境内で鳩の群れを眺めてから、主馬は何か決心したように小夜の手を握った。それから門前仲町の裏通りに進んで「辰巳屋」という出合茶屋に入ったのである。毒々しい深紅の蒲団を見た時、小夜は目まいがした。

それでも主馬に抱き寄せられて、目を閉じた時、目まいは治まった。

こんな場所に昼間から入り、こんなことをするのがいいことだとは、もちろん思っていなかった。けれども主馬となら許されるのだと小夜は知っていた。誰も咎《とが》めはしないのだ。

小夜の身体の中に無理矢理入って来た異質な感覚は小夜にかつて経験したことのない痛みを覚えさせた。小夜はその苦痛に堪えながら、この先、何度も何度も主馬とこうするのだと思った。それが倖せというものなのかどうかは、小夜にはどうしてもわからなかったけれど。

七

為後勘八郎は孫の太一郎を胸に抱え、庭に出ていた。外は曇っていたが、太一郎は家の中にいるより外に出ることを喜んだ。

その日も何やら機嫌が悪く、ぐずぐずと鼻声で泣いていた。おっぱいも飲んだし、おむつも汚れていないので、小夜は息子を持て余し「どうしてそんなに泣くの？」と、まだ言葉も喋られない太一郎を叱っていた。

非番の勘八郎は太一郎の泣き声より、小夜の声がうるさくて、小夜の手から太一郎を抱き上げ、庭に出た。

「お父さま、抱き癖がつきます」

小夜はいっぱしの母親の顔で勘八郎にそう言った。

「何んの。抱き癖など気にするな。抱き癖のついたままの大人がいるか？」

勘八郎は妙な理屈を捏《こ》ねた。小夜は何か言いたそうだったが、黙って洗濯をして乾いたおむつを畳み始めた。

そろそろ江戸は梅雨の季節を迎えようとしていた。洗濯物が乾かないので、これからしばらくは小夜も雪江も往生することだろう。

なに、台所の梁《はり》に紐を渡して、おむつを干せばいいのだ。それも賑やかな眺めになるだろう。そう言うと「お父さまったら、呑気なのだから」と小夜が呆れて笑った。

主馬はお務めに出ていた。小夜と祝言を挙げて一年後に太一郎が生まれた。でかい赤ん坊だった。とりわけ足の大きさに産婆は驚いていた。

太一郎は祖父《じい》さま似で身体が大きい。濃くげじげじの眉も、きろりと大きい瞳も勘八郎に似ていた。そのくせ、色白で眉間に縦皺を寄せるところは主馬に似ていた。

その不思議な相似形が、見ていて勘八郎は飽きなかった。

外の微かな風に太一郎の頭のにこ毛が逆立った。勘八郎は頰を膨らませて百面相であやす。

太一郎は赤い舌を見せてけらけら笑った。

勘八郎の姿を見ただけで怖気《おじけ》をふるう子供もいるのに、孫の太一郎は祖父さまの顔を好んでいるようだ。務めを終えて小蒲団に寝かされている太一郎を覗くと、起きていればにッと笑った。その笑顔で疲れも吹き飛ぶような気がした。

齢《よわい》四十を過ぎた勘八郎はそろそろ隠居することを考え出した。自分がお務めを続けている内は主馬がいつまで経っても見習いのままだからである。

主馬は一向気にすることなく、お身体が続く限り、お務めをなさって下さいと殊勝な言葉を掛ける。

主馬に家督を譲り、自分は臨時廻りに移り、後見役として同心達を補佐する道もあった。

そうなれば毎日奉行所に出仕することもない。孫と過ごす時間が増えるというものだ。

禄は少なくなるが、その代わり主馬が見習いではなくなるので家計に影響はないだろう。

「さてどうしたらよいものか」

独り言を呟く勘八郎を太一郎はさも心配そうな表情で見つめていた。

「おぬしが心配することはないぞ。おぬしは乳を飲み、小便をたれておればよいのだ」

勘八郎がそう言った拍子に太一郎の額に雨粒がたちッと当たった。雨粒は太一郎の額の上で、こんもりと小さな玉を造った。太一郎は雨粒が触れた衝撃にびくッと身体を震わせた。

「何を驚く。雨というものだ。おお、おぬしはまだ雨に当たったことはなかったのだな。これから何十回、何百回と、この雨に打たれることになるのだ。何んということもない。ただ冷たく気色が悪いだけの話だ。だが、雨も降らずば百姓が困る。井戸も干上がる。天然自然はうまくできておるのだ」

勘八郎は滔々と太一郎に語った。

「お父さま、何をしていらっしゃるの？　雨が降って来たではありませんか。早く中にお入りになって」

小夜が甲走った声を上げた。ほいほいと太一郎を揺すりながら勘八郎は縁側に上がった。

庭木に降り注ぐ雨はさほど激しくはなく、耳に快い微かな音を立て始めた。やがて軒先からも屋根を伝った雨が糸のように落ちて来た。

雨戸を閉《た》てるほどではなかったので、勘八郎は胡座の中に太一郎を座らせて雨を見物させた。太一郎は沓脱《くつぬぎ》石に弾ける雨を不思議そうに見ている。

主馬はこの頃、二代目堪忍旦那と呼ばれるようになった。十代の頃のようにぎりぎりと下手人を追及しないせいだろう。主馬が勘八郎の二代目のように呼ばれることはこそばゆい。養子に入ったからと言って何もそこまで真似することはないのだ。真似ではないと主馬は言う。水が低いところに流れるように自然にそうなったのだと。

心なしか主馬の眼は優しくなった。勘八郎はまた余生のことを考えていた。

太一郎が見つめる雨は仄白い銀色をしている。勘八郎もその銀の雨を飽かず眺めた。こんな雨なら、いつまでも降りやまずにいてほしい。勘八郎はぼんやりと、そんなふうに思っていた。

文庫のためのあとがき

お蔭様で『銀の雨――堪忍旦那　為後勘八郎』も、この度、文庫にさせていただくことになりました。

作品を文庫に加えていただくのは私の最終目標でありますので、喜びもひとしおです。『銀の雨』は文庫としては第三作目となります。この作品で新たな読者と出会えることを私はひそかに期待しております。というのも、小説が仕事となる以前、完全な専業主婦でいた頃の私は文庫しか買わなかったからです。

単行本を買うのは亭主が競輪で少し儲《もう》けた時ぐらいでした。まあ、その時はとても嬉しかったものですが。

ですから、この文庫を手にしていただけるのも主婦か学生（どうかなあ）、通勤電車の中で読書をするサラリーマンがおおかたではないかと当たりをつけております。

千円以下の価格といえども失望させたくないと考えるのは、作家としての意地というより、私の吝嗇《りんしょく》な主婦感覚によるものです。安物買いの銭失いと思われては立つ瀬がございません。

文庫にするに当たり、ゲラチェックも抜かりなく行ったつもりですので、何とかお読みいただけるのではないかと自負しております。

小説家稼業も六年を過ぎましたが、未《いま》だ私はてにをはにおかしいところがあり、主語・述語も怪しく、さらに小説のテーマ、何を訴えたいのか、本当に人間を描いているのだろうかと突き詰めると、疑問の点、多々ございます。相変わらず私にとって小説を書くということは難しいことなのです。

先日、浅田次郎氏の講演会に行く機会がありました。私自身は今のところ講演はお断りしている状況ですが（サイン会もノー）、いずれ小説が書けなくなったら、そういうこともするのではないかと勉強のために出かけました。私はテレビに出ないので、講演会に紛《まぎ》れ込んでも「宇江佐さんですか」などと、お声を掛けられる心配はありません。

少々期待してもいましたが、案の定、誰一人気づきませんでした。浅田氏につき添っていた編集者も何度かお目に掛かったことがあるのですが、目の前を通り過ぎても気づく様子がありませんでした。失礼な奴だって？　いいえ、そんなことはありません。面《めん》が割れていないということは自由を得ていることです。今のところ、化粧もしないひどい恰好でスーパーや市場に出かけられますし、バーゲンあさりもできます。これこそ、私の望むライフスタイルであります。

浅田氏は講演の名手でありました。まず、その土地を褒《ほ》める、実にいい街だと持ち上げます。それからご自分の経歴を自慢するでもなく披露なさり、そしてさり気なく近刊をお買い上げいただく方向に聴衆を導くのです。

思わず一冊買ってしまいました。

浅田氏のお話の中で興味深かったのは「作家五年生存説」でした。毎年、あまた新人賞から輩出される新人作家はおよそ二五〇人。アイドル歌手なみの数字だそうです。その二五〇人がすべて作家として活躍するならば、この国の作家人口は途方もない数になります。ごもっとも。

そこで作家五年生存説がまことしやかに語られるのです。新人として世に出た人間が五年後も書き続けているのかと。書き続けておれば、作家と呼んで差し支えないのでしょう。

それを聞いて私は心からほっとしました。

よかった、私は五年を過ぎたと。

お笑い下さいますな。本当にそう思ったのですから。

聴衆の中には作家を自称されている方も何人かお見掛けしました。いわゆる同人誌で活動をされている方です。地元の新聞でエッセイなどを依頼されると肩書きを作家と入れるのです。

もちろん、それはその方の自由ですから他人が四の五の言う筋合いではありません。詩を書けば詩人、俳句をひねれば俳人ならば、小説を書く人間が作家と肩書きを入れても一向構わないはずです。

浅田氏は最後に、ご自分の作品で得た原稿料で家族を養っていることにしみじみ幸せを感じるとおっしゃられました。私は自称作家の方が、その言葉をどのように捉《とら》えたのか知りたいと思いました。

作家とは原稿料、印税で生活を維持している人間を指すのだと、私は作家になってから初めて身にしみて感じました。私も六年前、新人賞をいただくと同時に臆面《おくめん》もなく肩書きを作家としましたが、実はその頃、まだ作家ではなかったのです。

本当に作家と呼べるようになったのは、そう、この『銀の雨』を上梓《じょうし》した頃からでしょう。昔の自分を思うと恥ずかしさで顔がほてります。その恥を払拭《ふっしょく》するために、これからも奮闘努力して本当の作家になりたいと肝《きも》に銘じております。

平成十三年、五月、函館の自宅にて。

宇江佐真理

解説

北上次郎

宇江佐真理が「幻の声」でオール讀物新人賞を受賞したのは一九九五年だが、それが「髪結い伊三次捕物余話」と副題がついて1冊の単行本『幻の声』（文藝春秋）となって我々の前に現れたのはその二年後、一九九七年の春であった。そのときに書いた新刊評をまず引く。

「主人公は店を持たない（廻り髪結い）の伊三次だが、裏の稼業は町方同心の下っ引き。幼い頃に両親が死に、ひょんなことから同心不破友之進に捕まって、それ以来手先となっているのだが、つまりわかりやすくたとえるなら、これは江戸の『ストリート・キッズ』（ドン・ウィンズロウ）である。こちらには姉がいるから天涯孤独ではなく、さらに捕まったのも二十歳であるから、あのニール・ケアリーとは年齢も違い、おやおやそれでは全然似てないか。しかし相手役の深川芸者文吉がいい。いつもこの二人は喧嘩ばかりしているのだが、その絶妙な掛け合いと交情がいい。さらに、同心不破友之進とその妻いなみの造形もよく、これらのキャラクターを巧みに使って、圧倒的に読ませるのである。とても新人の作品とは思えない」

時代小説の場合、完成された世界を持ってデビューしてくる作家は珍しくないが、宇江佐真理もそういう作家の一人だったことをまず書いておきたい。とても新人の作品とは思えないほど、完成されていたのだ。この「髪結い伊三次捕物余話」は、『幻の声』に続いて、『紫紺のつばめ』『さらば深川』とシリーズ化されているが、作品の緊密度がいささかも落ちていないのは見事。

その年の暮れに刊行されたのが、書き下ろし長編『泣きの銀次』(講談社)で、これは死体を見ると泣いてしまう岡っ引き銀次を主人公にしたもの。妹の仇《あだ》を討つ本筋の話がやや弱いような気がしないでもなかったが、細部のうまさがその疵《きず》を十分に補っていた。キャラクター造形のうまさは言うまでもない。

そしてその翌年、つまり一九九八年の春に書き下ろしで幻冬舎から刊行されたのが本書である。宇江佐真理にとっては三作目にあたる。副題に「堪忍旦那　為後《ためご》勘八郎《かんぱちろう》」と付いている。北町奉行所定町廻り同心、為後勘八郎が市中の人々から「堪忍旦那」と呼ばれているのは、「下手人に対して寛容な姿勢を見せるからだろう。少々のことならお目こぼしが叶《かな》うので、のっぴきならない事情のできた者は彼を頼ることが多かった」という理由による。

もっとも若い同心の中には、そういう「堪忍旦那」を批判する者もいて、それが「為後殿のやり方はいささか生温《なまぬる》いと拙者は思います。犯した罪は罪として潔く下手人は償わなければなりません。それが人の道ではございませぬか？」と堂々と主張する十八歳の岡部《おかべ》主馬《しゅめ》。筋道が通っているだけに、そう言われると勘八郎は反論できない。彼が「堪忍旦那」と呼ばれるようになったきっかけには、もっと深い理由があるのだが、それはもっとあとにならないと明らかにならないことなので、ここでは触れないことにする。

とにかく、勘八郎はやりにくいことおびただしい。主馬の若さが少々鬱陶《うっとう》しくもある。ようするに、反《そ》りが合わない。寛容な中年と生真面目な青年の衝突といってもいい。本書は、この二人を軸に展開する人情話の連作集である。

実はこの為後勘八郎、その姿を見ただけで怖気《おじけ》をふるう子供もいるくらい容貌怪異の男である。けっしていい男ではない。本人はそれでいっこうにかまわないのだが、問題は十三歳の一人娘の小夜《さよ》がその勘八郎に似ていることで、晴れ着などを着ると褒《ほ》めるのに苦労するから、頭が痛い。本人はまだ自分の容貌を気にしている様子はなく、さばさばと明るい子だが、父としてはそれが不憫《ふびん》だ。それに最大の問題は、その小夜が主馬に岡惚《おかぼ》れしていることで、これがいちばん困る。主馬は岡部家の跡取り息子で、小夜はいずれ婿を迎えなければならない身だから、絶対に一緒にはなれないとの事情がある。不憫な娘が余計に不憫だ。こういう為後勘八郎の不安を背景に、この連作集は始まっていく。

まったく、うまい。本書は五編を収録しているが、たとえばその中の一編「その角を曲がって」を読まれたい。いわくありげな裏店《うらだな》を訪れた料理茶屋の孫娘おみちのことを勘八郎が気にして調べ始めるというのがこの短編の冒頭で、とりたてて事件が起きるわけではないのだ。にもかかわらず、その裏店に通じる露地の前につくねんと佇《たたず》むラストで、おみちの感情を一気に噴出させて見事に締めるのである。

「お父っつぁんが生きていた時はこの露地を曲がる時、胸がわくわくしたの。お父っつぁん、いるだろうかって。その気持ちがあたしは好きだった。顔を見ると別にどうということもないのだけれど、この角を曲がる時だけ不思議に胸がわくわくしたのよ」

ドラマは外側にあるのではなく、人の心のなかにある。その真実をこの切実な台詞《せりふ》が鮮やかに浮き彫りにしている。

あるいは「魚棄《うおす》てる女」を読まれたい。これは勘八郎を物語の後ろに下げ、十二歳のしじみ売りの少年梅助《うめすけ》を主人公にした短編だ。この健気《けなげ》な少年が干物売りの浪人と知り合うのが発端。浪人の部屋で干物を馳走《ちそう》になり、その塒《ねぐら》を出たときの述懐はこうだ。

「何んだか物悲しい気分だった。男は梅助にはいい人に思えた。そのいい人が酒浸りの暮らしをしていることが切なかった」

この短編はこういうふうに、梅助の側から描かれていく。この連作集では異色の短編となっている。その浪人唐沢郁之助《からさわいくのすけ》が酒浸りの暮らしをしているにはもちろん理由があるのだが、読者の興を削《そ》ぐといけないのでここには書かない。とにかく梅助と浪人の交友が始まっていくのだ。梅助は、酔っぱらった唐沢を介抱したり、部屋を掃除したり、天気のいい日には布団まで干し、煮染めたような下帯まで洗ってあげる。その心象は次のように描かれる。

「神さんは粋だと思った。死んだ父親の代わりにこんな人にめぐり逢わせてくれたのだから」

この先は事件が起きるのだが、これも読者の興を削がないように触れないことにする。ここでは梅助と唐沢郁之助の別れのシーンのみを引いておこう。この短編のラストで、唐沢郁之助は新しい筆、新しい墨、小ぶりの硯《すずり》など手習いの道具を梅助にあげるのである。ふたたび逢うときまでに上達しているようにと郁之助は言う。そして梅助の体を抱きしめて「いつまでも息災で暮せ」と低く呟《つぶや》く。

ここで思わず目頭が熱くなってくるのは、この短編が人と人との繋《つな》がりを、巧みな構成と秀逸な人物造形で描いているからこそにほかならない。

巻末に収められた表題作は、小夜と主馬の新たな関係を緊密に描いて読ませるが、その内容は秘するが花。こればかりは読んでのお楽しみにしておきたい。

宇江佐真理はこの作品のあとも、前記の「髪結い伊三次捕物余話」シリーズ以外にも、美しい恋を描いた長編『雷桜』や、代書屋五郎太を主人公にした連作集『春風ぞ吹く』などを刊行して、いまやもっとも期待される時代小説作家として活躍中だが、本書はそういう作者の初期代表作といっていい。たっぷりと堪能されたい。

——文芸評論家

この作品は一九九八年四月小社より刊行されたものです。

銀《ぎん》の雨《あめ》

堪忍《かんにん》旦那《だんな》 為後《ためご》勘八郎《かんぱちろう》

宇江佐真理《うえざまり》

平成13年8月25日　初版発行
平成17年8月1日　11版発行

発行者――見城徹
発行所――株式会社幻冬舎
〒151-0051東京都渋谷区千駄ヶ谷4-9-7
電話　03(5411)6222(営業)
　　　03(5411)6211(編集)
振替00120-8-767643
印刷・製本―図書印刷株式会社
装丁者――高橋雅之

万一、落丁乱丁のある場合は送料当社負担で
お取替致します。小社宛にお送り下さい。
定価はカバーに表示してあります。
Printed in Japan © Mari Ueza 2001

幻冬舎文庫

ISBN4-344-40135-2　C0193　　う-4-1